어렴풋, 당신

어렴풋, 당신
동길산

2022년 9월 1일 초판 1쇄 발행

글   동길산
그 림   노충현
발행인   조동욱
편집인   조기수
펴낸곳   헥사곤 Hexagon Publishing Co.
등 록   제 2018-000011호 (2010. 7. 13)
주 소   경기도 성남시 분당구 성남대로 51, 270
전 화   070-7743-8000
팩 스   0303-3444-0089
이메일   joy@hexagonbook.com
웹사이트 www.hexagonbook.com

ISBN 979-11-89688-88-2 03810

어렴풋, 당신

동길산

HEXAGON

차 례

14 처마는 멀고 마음은 가까워도 :: 풍경소리

20 내 옆구리 내가 치는 밤 :: 한밤

26 눈이 부셔서 마음이 시려서 :: 달빛

32 날면서 더 많이 울까 앉아서 더 많이 울까 :: 새는

38 훈훈한 낙엽이 한 잎 두 잎 :: 낙법

42 나무의 한평생만큼 장한 사람의 하루 :: 사람의 하루

46 둘도 없는 당신이 햇살 :: 남향집

52 아장아장, 봄의 기운 :: 임도

56 사랑은 멀고 높은 곳 삽시간에 밀려왔네 :: 황사

60 핀 꽃에 손을 대고 지는 꽃에 손을 대다 :: 꽃 몸살

64 이슬까지 둥글어지려는 눈물까지 둥글어지려는 :: 보름달

68 어느 꽃자리에서 너는 여물고 있느냐 :: 매실

72 아무리 많아도, 아무리 멀어도 :: 별

78 참다가 참다가 비가 오는 :: 참다가 참다가

82 저기 저 풀잎 언제쯤에나 나를 보며 붉어지려나 :: 하세월

86 나무의 단풍, 사람의 단풍 :: 노을

90 어디에서 봐도 반짝이는 물잎 :: 물잎

96 봄바람은 슬슬 불고 웃음은 실실 나오고 :: 저수지

100 무얼 하며 지낼까 살아는 있을까 :: 비

104 　소중한 건 돌담 아니라 돌담 너머 당신 :: 돌담

108 　한 잎도 아까운데 한꺼번에 두 잎 세 잎이 :: 복사꽃

114 　대야가 비 맞고 있습니다 대야가 빗물을 받아내고 있습니다 :: 세숫대야

118 　꽃잎보다 얇은 꽃잎의 막, 당신에게 두꺼워진 나를 나무라는 :: 꽃잎의 막

122 　달빛이 천 군데 강물에 비치듯 :: 종이염

126 　오로지 한 방향, 당신! :: 면벽

132 　피는 꽃이 지는 꽃을 보는 마음

　　　지는 꽃이 피는 꽃을 보는 마음 :: 어느 꽃도 어느 잎도

136 　앞산을 넘어 저수지를 건너 :: 비는 느리게

140 　안 그래도 이고 진 게 많은 나무에 새집까지 :: 편법

144 　젊은 날 설레던 당신처럼 내 가슴 꾹꾹 눌러주길 :: 송창식

150 　어느 잎도 자기만 내세우지 않고

　　　어느 잎도 자기만 앞에 두지 않아 :: 빗물

154 　"다이얼이 잘못됐으니 다시 걸어 주세요" :: 지구는 둥글까

158 　꽃 피는 기쁨 꽃 지는 아픔 :: 무화과 한 그루

162 　천리만리 천만리 무궁한 꽃길, 그 길을 따라 당신은 오시라 :: 금목서

168 　나무와 잎, 그리고 당신과 나 :: 낙엽

172 　모양도 같고 빛깔도 같은 꽃이 저마다 가장 멀리 가장 높이 :: 나뭇가지

176 　언제나 잠시고 언제나 아득한 :: 면사무소 가는 길

180   저 억새는 언제부터 저기 있었을까 :: 평생

186   다 다른 고드름 :: 고드름

190   수시로 빠지거나 굴러떨어지는 사람의 갈지자 마음 :: 날갯짓

194   반짝반짝 얼음 반짝반짝 얼음구멍 :: 언 저수지

198   나무는 구부러져 자라고 새는 구부러져서야 내려와 :: 등이 구부러지다

204   동백은 떨어져서도 동백 :: 최고의 말

208   이 꽃이 저 꽃 같고 저 꽃이 이 꽃 같아도 :: 개나리

213   꼭꼭 숨기고서 살짝살짝 꺼내는 꽃길 :: 큰재 벚나무

218   꽃보다 꽃 :: 한쪽

222   도란도란 이파리 :: 초록에서 초록으로

226   이파리가 꽃을 놓아주듯이 햇빛이 이파리에서 물러나듯이 :: 아카시아

232   꽃이 꽃을 깨물어서 꽃이 지다 :: 꽃이 깨물다

236   이 비를 보며 한 잔 저 비를 보며 한 잔 :: 비는 느리게

240   빨간 양철지붕의 추억 :: 뒷짐

244   오늘은 하루를 또 얼마나 물렁하게 :: 스와니 강물

248   나는 언제쯤에나 나무에 올라가 보나 :: 나뭇가지 한 가지

252   아무리 잠 와도 또박또박 들리는 :: 동해물

256   잎이 잎에 기대듯 마음이 마음에 기대어 :: 꽃 진 자리

262   시인이 독자를 의식하듯 언젠가는 비가 나를 의식하리라 :: 장마철

266 나무 맨 위에 난 잎, 가장 높고 가장 파릇한 :: 잎의 역설

270 높다랗고 청정한 천죽千竹의 노래 :: 우리집 대밭

274 나나 나무나 제 나름의 속셈으로 :: 나무를 밀다

278 사흘을 울어서 목이 쉰 소, 또 울다 :: 소

282 늘 다니던 산길에서 길을 잃다 :: 숲

288 나를 이만큼이나 키운 건 빨래 :: 나를 올리다

292 산, 늘 다르면서 늘 같은 :: 산 너머 산

296 황토가 사람을 알아보다 :: 황토

302 나가는 길이 끊기면 들어오는 길도 끊겨 :: 길이 끊기다

306 차를 산 그날 폐차한 베스타 슈퍼봉고 1987년식 :: 녹-1종 보통

310 나무 같은 당신이 넘어지기 전에 :: 넘어진 나무

314 뻐꾸기는 뻐꾸기대로 나는 나대로 :: 뻐꾸기 트럭

318 둑길 중간쯤 화해의 술상 :: 춘분

324 많이 먹어라 먹고 더 먹어라 :: 밥 한 그릇

328 내 기억에 평생을 갈지도 모를 별 :: 낮별

332 온전한 당신 :: 당신

336 작품 목록 :: 노충현

시인의 말

산골 산 지 삼십 년.
당신이 있어
여기까지 왔다.

2022년 가을
동길산

처마는 멀고 마음은 가까워도

"

내가 생각하는 당신은 언제 어디서 오는가
감나무 이파리 한들댈 때 오는가
산과 산 사이 샛길로 오는가

"

풍경소리

바람이 다가오는 소리 들으려고

처마 끝에 풍경을 매답니다

당신이 다가오는 소리 들으려고

마음 끝에 풍경을 매답니다

소리가 들리면 어디서 나는 소리일까

내심 기대하며 귀를 모읍니다

처마는 멀고 마음은 가까워도

소리는 매번 멀리서 납니다

아직은 뭐라 말 못 하겠습니다

두근대는 일 없이 잔잔한 게 좋은지

풍경이 왼쪽으로 돌면 왼쪽으로 두근대고

오른쪽으로 돌면 오른쪽으로 두근대는 게 좋은지

가끔은 소리가 들리지 않아도 귀를 모읍니다

소리가 들리면 들려서 두근대고

들리지 않으면 들리지 않아서 두근댑니다

처마는 멀고 마음은 가까워도

소리는 매번 멀리서 납니다

마루에 앉아 마당을 보고 마당 너머를 본다. 산골의 마당은 어디나 비슷해서 그다지 크지도 않은 나무와 풀꽃이 터줏대감 노릇을 한다. 마당 너머는 아랫집 붉은 지붕과 저수지 잔잔한 물결, 그리고 야트막한 산이다. 산은 야트막해도 첩첩을 이뤄 제법 운치가 난다.

첩첩을 이룬 산 사이는 샛길. 구불구불하면서 둥글둥글한 샛길이 산과 산 사이 고개를 넘어 내가 사는 산골마을로 이어진다. 고개 너머는 남쪽 바다. 고성 바다가 저 너머 있고 통영 바다가 저 너머 있다. 집이 남향이라서 남풍은 저 고개 지나 샛길을 따라 내게로 온다.

남풍이 불면 처마 끝에 매단 풍경이 가장 반긴다. 잠시도 가만히 있지 않는다. 동작과 소리를 동시에 내보이며 속을 다 드러낸다. 얼마나 그리웠으면 저럴까. 한편으론 안쓰럽고 한편으론 부럽다. 나는 저런 사랑이 있었던가. 저리 속을 다 드러내던 사랑이 있었던가.

지금은 바람 잠잠한 한낮. 풋감을 매단

마당 감나무 이파리는 제 무게가 겨워 한들댄다. 기다랗게 자란 덩굴 장미 끝자락 역시 제 무게가 겹다. 몸의 무게만 무게가 아닐 것이다. 저들인들 마음의 무게가 없을 것인가. 바람 잠잠한 날에도 한들대는 마음들. 두근대는 마음들.

두근대는 마음은 바람 잠잠한 날에도 소리를 낸다. 마음 끝에 촉수 예민한 풍경을 매달고 반응한다. 당신이 어디에서 오든, 그리고 아무리 멀리서 오든 마음 끝 풍경은 당신을 감지한다. 당신이 오른쪽에서 오면 오른쪽에서 왼쪽으로 두근대고 왼쪽에서 오면 왼쪽에서 오른쪽으로 두근댄다.

내가 생각하는 당신은 어디서 오는가. 언제 오는가. 첩첩을 이룬 산과 산 사이 샛길로 오는가, 감나무 이파리가 제 무게 겨워 한들댈 때 오는가. 지금보다 초록이 더 진해져서야 샛길을 지나 나뭇잎 사이로 마침내 당신은 오는가. 처마는 멀고 마음은 가까워도 소리는 매번 멀리서 난다.

귀 농 을

HyuN

내 옆구리 내가 치는 밤

"

가을이 오기 전인데도

나무에서 멀어지는 낙엽

나도 모르게 나에게서 멀어진 사람

"

한밤

개구리는 용하다
수십 마리 수백 마리 개구리
옆구리 붙이고 다니면서
옆 개구리 옆구리 쿡쿡 쑤셔
행동 같이하자고 신호를 보내는지
울면 한꺼번에 울고
그치면 한꺼번에 그친다
옆구리 쑤셔도 한 마리쯤 두 마리쯤
울음이 뚝 그쳐지지 않아
꺼이꺼이 계속 울어댈 만도 한데
숨이 막힐 정도로 쑤시는지
뚝 그치지 않는 개구리
한 마리도 두 마리도 없다
남 다 자는 한밤
누가 옆구리 찌르는지
이유도 없이 눈물이 난다
나야 할 때 나지 않던 눈물이
나야 할 때가 아닌데 난다
진정이 되지 않아
내 옆구리 내가 치는 밤

저놈의 개구리. 또 운다. 온 산골짝을 들었다 놓는다. 그래야 직성이 풀리는 모양이다. 개구리가 들었다 놓은 산골짝은 잠시 잠잠하다가 이내 들썩인다. 이 긴 밤을 저만 안 자면 그만이지 나까지 잠들지 못하도록 들쑤신다. 잠들만 하면 들쑤시고 잠들만 하면 들쑤셔 나를 몇 번이고 들었다 놓는다. 저놈의 개구리.

내 집은 산골마을. 마을과 저수지 사이에 논이 있고 논물이 그득 차면 개구리가 거기서 극성을 부린다. 낮에도 울어대고 밤에도 울어대며 비라도 올라치면 더 울어댄다. 개구리 울어대는 소리에 낮잠이 깨고 개구리 울어대는 소리에 비가 오는가 보다, 마당으로 나가 빨래를 걷는다.

개구리는 용타. 한 놈이 울면 한꺼번에 울고 한 놈이 그치면 한꺼번에 그친다. 남 다 우는데 안 우는 놈은 있는지 몰라도 남 다 그쳤는데 안 그치는 놈은 없다. 원래 울음이 그렇긴 하다. 전염성이 있어 가까운 사람이 울면 함께 울게 된다. 함께 울면서 눈물은 나누어지고 슬픔도 나누어진다.

나는 참 독하다. 가까운 사람이 운다고 함께 운 기억이 별로 없다.

마음으로야 왜 안 울었겠냐만 함께 부둥켜안고서 눈물을 나누고 슬픔을 나눈 기억은 도통 없다. 눈물은 귀한 것. 그러나 하나만 알고 둘은 알지 못했다. 귀하니까 참아야 한다고만 알았지 함께 나누면 더 귀해진다는 걸 몰랐다.

 그냥 울고 싶을 때가 있다. 이유도 없이 눈물이 날 때가 있다. 가을이 오기 전인데도 나무에서 멀어지는 낙엽을 보며, 나도 모르게 나에게서 멀어진 사람을 생각하며 가끔가끔 눈물이 난다. 하지만 이유 없는 눈물은 없다. 울어야 할 때 울지 않아서 나는 눈물이고 가까운 사람이 외롭고 아플 때 나누지 않아서 나는 눈물이리라.

 개구리는 여전히 운다. 여전히 한꺼번에 울다가 한꺼번에 그친다. 내 눈물도 한꺼번에 그치면 좋으련만 질질 끈다. 울어야 할 때 울지 않아서 받는 벌이고 가까운 사람이 외롭고 아플 때 나누지 않아서 받는 벌이리라. 나를 울리고선 한꺼번에 뚝 그친 저놈의 개구리.

There is a flower . . . . think that she has

ed me......."   HyuNG

눈이 부셔서 마음이 시려서

"

은쟁반처럼 환한 달
은장도처럼 예리한 달빛
눈부셔 마음 시려 오래 못 봐

"

달빛

햇빛은 몸을 태우지만 달빛은 마음을 벱니다.

그런 달빛이 두려워 내 방 가장 깊숙한 곳에 마음을 숨깁니다.

달빛이 방에 들어오려면 감나무와 마루를 지나야 합니다.

감나무는 몸집은 커도 막무가내로 덤벼드는 달빛을 매번 막아내지 못합니다.

마루는 삐꺽거려도 한 번도 달빛을 빠뜨리지 못합니다.

보름달이 뜬 어젯밤에도 마음이 베였습니다.

모가 없이 둥글기만 한 달인데도 달빛은 왜 그리 예리하고 섬뜩한지요.

야속했습니다.

보름 다음 날 뜨는 달이 사실은 더 둥글다고 합니다.

바로 오늘이네요.

보름달보다 더 둥근 달이 보내는 빛은 더 예리하고 더 섬뜩하겠지요.

그래서 더 야속하겠지요.

어쩌겠습니까. 감나무도 치우고 마루판도 걷어내고 달빛 아래 무작정 서 보는 수밖에요.

아파하지 않으려고 단단하게 굳어진 마음을 달빛에 그냥 내맡겨 보는 수밖에요.

어찌 알겠습니까. 달빛에 이리 베이고 저리 베여 내 마음, 보름달보다 더 둥글게 탱탱해질는지.

지금은 자정이 지난 밤. 깊은 밤인데도 산골 마당은 밝다. 밝아서 보이는 게 선명하다. 마당 이쪽 감나무와 저쪽 감나무에 친 빨랫줄이 선명하게 보이고 빨랫줄을 받친 대나무 바지랑대가 선명하게 보인다.

마당은 수묵화 한 폭이다. 감나무 그림자가 수묵화 한가운데 일필휘지 내닫고 가장자리는 꽃을 피웠거나 피우는 화초 그림자가 간들거린다. 감나무 그림자와 화초 그림자 사이는 여백. 여백은 달빛이 희다.

오늘은 보름 다음 날. 보름날 한껏 부풀었던 달이 오늘은 미어터진다. 달이 미어터지니 달빛 역시 미어터진다. 은쟁반 같은 달에서 금방이라도 퉁겨져 사방팔방 뛰쳐나갈 것만 같다.

산골 마당은 옥구슬이 튀는 소리를 낸다. 사방팔방 뛰쳐나간 달빛이 마당에 닿으면서 내는 소리다. 어떤 날은 달빛이 하도 밝아 잠에서 깨지만 어떤 날은 달빛이 마당에 닿는 소리에 깬다. 보름 다음 날이 그런 날이다.

지금 있는 곳은 마루. 누워서 하늘의 달을 보기도 하고 앉아서 마당의 달빛을 보기도 한다. 달은 은 쟁반처럼 환하고 달빛은 은장도처럼 예리하다. 은 쟁반 달은 눈이 부셔서 오래 보지 못하고 은장도 달빛은 마음이 시려서 오래 보지 못한다.

사랑도 그랬으면 좋겠다. 늘 봐서 익숙한 사랑 이라도 눈이 부셔서 오래 보지 못하고 마음이 시 려서 오래 보지 못하는 사랑. 길고 더디고 막막 한 밤일수록 더 부시고 더 시린 그런 사랑이었으 면 좋겠다.

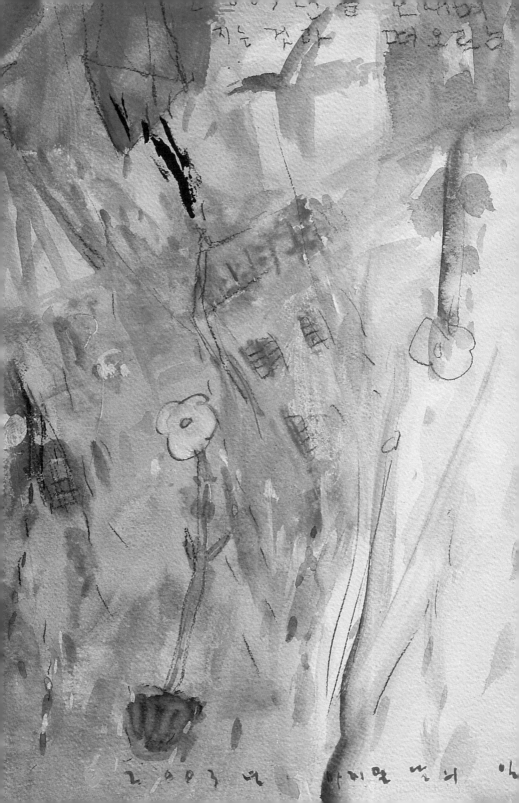

날면서 더 많이 울까
앉아서 더 많이 울까

"

당신의 눈이 감기지 않도록
당신의 마음이 감기지 않도록
당신과 오래오래 맞추는 눈빛
"

새는

새는
날면서 더 많이 울까
앉아서 더 많이 울까
그런 생각이 든 건
새가 이미 떠난 뒤
새처럼
당신이 떠난 뒤

새벽. 창호지에 빛이 스며든다. 밝기 직전의 새벽빛이 스며든 창호지는 은은하다. 한지를 바른 창호지 창문은 직설적인 유리창에 비해 언제라도 은은하지만 어둡지도 않고 밝지도 않은 이맘때가 하루 중 가장 은은하다. 덩달아 마음도 은은해진다.

새소리. 빛과 함께 새소리가 창호지에 스민다. 새소리 역시 들릴 듯 말 듯 은은하다. 아마도 하루 중 가장 은은하리라. 창문을 열면 새가 우는 바깥이 보이겠지만 참는다. 소리에 민감한 새가 창문 여는 소리를 듣고 날아갈까 싶어서다. 새인들 그게 좋을까.

궁금은 하다. 지금 저 소리는 어떤 소리일까. 외로운 소리일까, 다정한 소리일까. 외로운 소리는 외로워서 은은하게 들리고 다정한 소리는 다정해서 은은하게 들린다. 어떤 소리든 새는 기력을 다해서 운다. 목청에서 꼬리까지 온몸을 떨면서 운다.

새소리는 나를 미안하게 한다. 새는 목청에서 꼬리까지 떨면서 우는데 나는 제대로 들었던가. 우는 새와 눈빛이라도 제대로 맞추었던가. 날이 밝는다. 새소리 역시 밝아진다. 창호지 창문 틈새로 바깥을 내다본다. 소리는 들려도 새는 보이지 않는다.

새는 어디서 울까. 어떻게 울까. 보일 때는 보지 않

더니 보이지 않으니 보려고 한다. 소리가 뚝 그친다. 창문 열고서 감나무 가지를 기웃거리고 감나무 너머 훤하게 밝은 하늘을 기웃거린다. 새는 얼마나 야속했을까. 얼마나 낙담했을까. 오, 새여! 오, 나여!

　당신도 그러리라. 보이면 보지 않으면서 보이지 않으면 죽도록 보고 싶을 당신. 당신을 제대로 보려고, 제대로 들으려고 당신 가까이 다가간다. 당신의 눈이 감기지 않도록, 당신의 마음이 감기지 않도록 오래오래 눈빛을 맞춘다. 새소리가 다시 들린다.

훈훈한 낙엽이 한 잎 두 잎

"
이불을 덮듯 낙엽에 낙엽을 덮는다
당신 먼저일지 내가 먼저일지 몰라도
당신도 나도 언젠가는 떨어질 낙엽
"

낙법

감나무에서 잎이 떨어지는데
군더더기 없이 수직으로 떨어지는 잎이 있고
바람을 타고 나무의 그늘을 벗어나는 잎이 있다
어느 잎이나 떨어지는 동작은 깔끔해서
잎끝 하나 다치지 않는다
잎이 나서 넓어지고 두툼해지는 한 생애
잎이 진정으로 되고자 했던 건
넓고 두툼한 잎이 아니라
마를 대로 마르고
얇을 대로 얇아서
가장 가벼워진 잎이 아니었을까
한 생애 가졌던 무게를 버릴 만큼 버려
잎 떨어져 부딪치는 데가
덜 아프기를 바란 게 아닐까
나무가 헐거워지는 날
아무리 많은 잎이 떨어져도
잎끝 하나 다치지 않고
부딪치는 소리 한번 들리지 않는다
나는 도저히 따라 하지 못할
잎들의 낙법

마당이 푹신하다. 감나무 낙엽
이 쌓여서 이불을 깔아놓은 듯 두툼
하다. 마당 둘레를 따라서 둥그렇게
도 걷고 마당 가운데를 가로질러도
걷는다. 발바닥 감촉은 약간 다르
다. 둥그렇게 걸으면 바싹 마른 잎
이 닿는 건조한 느낌이고 가로질러
걸으면 마지막 온기를 품은 잎이 닿
는 따뜻한 느낌이다.

발바닥 감촉이 다른 건 낙엽이 달
라서다. 같은 나무에서 떨어진 낙엽
이라도 낙엽은 다르다. 먼저 떨어진
낙엽은 먼저 마르고 나중 떨어진 낙
엽은 나중 마른다. 먼저 떨어진 낙
엽은 바람에 내몰려 마당 구석으로
밀려나고 나중 떨어진 낙엽은 나무
아래나 마당 여기저기 흩어진다.

낙엽을 밟는다. 한 생애 가졌던 무
게를 버리고 평온을 얻은 낙엽. 나
는 언제쯤이나 평온을 얻나. 나는
여전히 무겁고 여전히 떨어지기가
두렵다. 낙엽인들 떨어지기가 안 두
려웠을까. 가졌던 무게를 버릴 만큼

버리고서 떨어지는 낙엽은 보는 사람을 숙연하게 한다.

낙엽을 바라본다. 먼저 떨어진 낙엽은 나중 떨어지는 낙엽을 받아내고 나중 떨어지는 낙엽은 먼저 떨어진 낙엽을 덮는다. 쪼그려 앉아 이불을 덮듯 낙엽에 낙엽을 얹는다. 당신도 나도 언젠가는 떨어질 낙엽. 당신이 먼저일지 내가 먼저일지 몰라도 언젠가는 하나로 포개지리라.

낙엽 하나가 또 떨어진다. 바람이 불지 않아도 낙엽은 떨어진다. 얼마나 고단했으면 그럴까. 사람의 생애나 잎의 생애는 비슷하다. 봄은 파릇하고 여름은 뜨겁다. 단풍 드는 아름다움은 잠시, 시드는가 싶더니 한 생애를 다한다. 단풍이 들기도 전에 떨어지는 잎은 그 마음이 또 어떨까.

그나마 겨울이 살 만한 건 낙엽 덕분이다. 낙엽이 차곡차곡 쌓여서 땅은 덜 언다. 땅이 품은 잔뿌리가 덜 얼며 봄을 기다리는 생명에겐 제 한 몸 기꺼이 내어준다. 낙엽을 이불 삼아 겨울을 견디는 미물은 또 얼마나 장한가. 언젠가는 당신과 나를 덮어줄 저 낙엽! 보기만 해도 훈훈해지는 낙엽이 한 잎 두 잎 떨어진다.

나무의 한평생만큼 장한
사람의 하루

"

감나무가 그렇듯 당신도 그러리라
당신과 내가 나누는 등 굽은 온기
서로를 반들대게 하고 데우리라
"

사람의 하루

'사람은 하루도 서서 지내지 못하는데
나무는 한평생을 서서 지낸다'
흔히 그렇게들 말하지만
가기 싫어도 가야 하고
눕고 싶어도 눕지 못하는
사람의 하루는
나무의 한평생보다 결코 가볍지 않다
나무는 아무리 껴안아도
사람이 따뜻해지지 않지만
사람은 껴안는 즉시
사람이 가진 온기가 전해진다
속살 딴딴한 나무는 더디게 자란다
나무는 더디게라도 자라지만
어느 시기 지나면 자라지 않는 사람은
그 속살이 얼마나 딴딴할 것인가
나무의 한평생도 장하지만
나무만큼이나 장한
사람의 하루

종잡지 못할 게 사람의 버릇이다. 언제부턴가 나무를 껴안는 버릇이 생기더니 언제부턴가 없어졌다. 산골에 들어온 지 거의 삼십 년. 이사 와서 한동안 껴안은 나무는 마당 감나무다. 외로이 선 모습이 안돼 보였고 저나 나나 비슷한 처지가 교감으로 이어졌던 모양이다.

그 무렵 감나무는 내 가슴이 닿은 자리가 반들댔다. 빛이 날 정도였다. 사람도 빛이 나는 사람이 있듯 나무도 빛이 나는 나무가 있다. 빛이 나는 나무를 안으면 나도 빛이 나지 싶어 자기 전에도 안았고 자고 나서도 안았다. 그러다가 슬그머니 식었다.

마당에 나가 감나무를 안는다. 오랜만이다. 언제부터 거리를 두었을까. 언제라고 단정하기 어렵지만 그럴 만한 이유는 있었다. 사방팔방 골짝인 산골에서 자연만 보다가 어느 순간 사람이 보였다. 나무의 생애는 고단하지만 사람의 생애 역시 고단하다는 자각이었다.

사람의 생애는 참 고단하다. 어떤 면에선 나무보다 더 고단하다. 가기 싫어도 가야 하고 눕고 싶어도 눕지 못하는 경우는 오죽 많은가. 내가 안아야 할 상대는 나무가 아니라 사람이었다. 굽고 굳은 등을 다독이며 온기를 나눌 상대는 바로 당신이었다.

그렇게 봐서 그렇겠지만 감나무는 지금도 반들댄다. 감나무에게 그랬듯 생각만 해도 안아보고 싶은 당신! 당신과 나도 그러리라. 하루하루 고단하지만 당신과 내가 나누는 등 굽은 온기가 서로를 반들대게 하고 서로를 데우리라.

새해다. 새날이다. 해가 바뀔 때면 소망한다. 올해는 뭔가 다르길. 올해는 뭔가 이뤄지길. 누구라도 그런 소망으로 한 해의 첫날을 맞고 한 해의 첫 달을 맞는다. 늘 그대로라 해도 뭔가 다르고 뭔가 이뤄질 것 같은 느낌으로 모처럼 감나무를 안는다. 생각보다 따뜻하다.

둘도 없는 당신이 햇살

"

저 먼 곳 밝고 따뜻한 당신
웅크린 몸을 펴게 하고
마음마저 펴게 하는

"

남향집

여름엔 마루도 넘지 못하게 하는 햇살을
겨울엔 방안까지 들이는 남향집
집에도 마음이란 것이 있어
추운 날 내 집에 온 손님
몸은 녹이고 가라고 방 안까지 들인다
남자 혼자 지내는 방이 궁금한지
가만히 앉아 있지 못해 햇살은
슬금슬금 마루에서 비비적대거나
슬쩍슬쩍 장판을 쓸어 보는 기척이다
몸이 다 녹았을 만도 한데
그만 일어서려는 눈치라곤 없이
있을 때까지 있어 보자는 심산인 겨울 햇살
그러거나 말거나
이왕 내 집에 들인 손님
있을 때까지 있어 보라는 심산인 남향집

햇살은 눈치가 없다. 마루 아래 처마에서 기웃대더니 마루를 넘보고 방까지 넘본다. 눈치가 없다는 생각은 들지만 속으론 반갑다. 덕분에 마루에 온기가 감돌고 방에 온기가 감돈다. 한겨울 웅크린 몸까지 쫙 펴지는 기분이다.

겨울은 해가 짧다. 짧고 낮게 뜬다. 여름 해는 높다랗게 떠 마루에서 보이지 않지만 겨울 해는 나지막하게 떠 방에서도 다 보인다. 나지막하게 떠서는 초가삼간 개조한 지붕 낮은 집에 종일 햇살을 보낸다. 짧고 낮지만 속은 깊은 겨울 해다.

속 깊기론 집도 마찬가지다. 지붕 낮은 누옥이지만 예의는 바르다. 오죽했으면 이런 집을 찾았을까, 마음의 문 활짝 열고서 손님을 들인다. 차를 내오고 두런두런 말을 나눈다. 햇살은 속 깊은 수면에 닿으면 반짝반짝 그러고 속 깊은 집에 닿으면 두런두런 그런다.

해와 집 둘 다 속이 깊어도 자세히 보면 집이 더 깊다. 해는 퍼질러 앉아 갈 생각이 없어 보이고 집은 그러거나 말거나 내보낼 생각이 없어 보인다. 손님을 재우려면 아궁이

불도 때야 하고 밥상도 차려야 하고 할 일이 한둘 아닌데 집은 참 태평이다.

내가 사는 산골 집은 남향집. 여름엔 해를 들이지 않고 겨울엔 해를 들인다. 마루에 있으면 여름엔 시원하고 겨울엔 따뜻하다. 그래서 여름이든 겨울이든 해가 떠서 지기까지 마루에서 보내는 시간이 길다. 마루에서 시간을 보내다가 심심해지면 마루에서 잔다.

손님 뜸한 산골에서 햇살은 귀한 손님이다. 먼 걸음 해 줘서 그렇고 함께 있으면 밝고 따뜻해서 그렇다. 햇살만 그럴까. 저 먼 곳, 밝고 따뜻한 당신. 둘도 없는 당신이 바로 햇살이다. 한겨울, 나아가 한 생애, 웅크린 몸을 펴게 하고 마음마저 펴게 하는.

작은 집, 큰 ㅅ

HYUN

아장아장, 봄의 기운

"

눈감고 걸어도 아장아장 느껴지는 봄의 기운
산허리 가로놓인 임도도 꽃물 들고 봄물 들리
내 마음 높은 곳 당신도 꽃물 들고 봄물 들리

"

임도

봄날 기우는 해가
따가우면 얼마나 따갑겠느냐
해를 정면으로 받으며 걷는 길
산불이 나면
불은 이쯤에서 끊기리
봄꽃이 나면
꽃은 이쯤에서 끊기리
해는 기울건만
나이는 기울건만
산불 나는 마음이여
봄꽃 나는 마음이여
그 마음 끊기지 않아
숲과 숲 사이에 난 길 임도
갈 데까지 갔다가 돌아오는
해 기우는 봄날

초록이 드문드문 보인다. 아장아장 봄의 기운이 느껴진다. 걸음도 덩달아 아장아장 더뎌진다. 앞으로만 걷는 게 아니고 옆으로도 걷고 돌아서서 뒤로도 걷는다. 돌아서서 걸으면 걸어온 길이 보여서 좋다. 초록이 아장아장 따라오는 게 보인다.

드문드문 새소리도 초록으로 들린다. 들리는 소리라곤 내가 걸으면서 나는 소리뿐인 산길. 어쩌다 들리는 새소리에서도 봄의 기운이 느껴진다. 어디서 나는 소리인가 보려고 돌아서서 뒤로도 걷는다. 아장아장 따라오는 봄의 이 기운! 아, 봄이다.

눈을 감고도 걷는다. 마음 같아서는 열 걸음 못 걷겠나 싶어도 다섯 걸음 걷기가 어렵다. 한두 걸음은 그냥 걸어도 서너 걸음 지나면 불안해진다. 눈 감고 걷는 서너 걸음, 초록 향기는 더 진하게 다가오고 새소리는 더 진하게 들린다.

산골집 마루에서 보이는 산은 경남 고성 가장 높는 산. 집이 높은 데

있으니 가장 높다는 산도 고작 눈높이다. 손바닥 펴면 한 뼘 안에 다 들어온다. 산 구석구석 철탑을 세우면서 들어선 임도는 시간이 남아돌 때나 생각이 엉킬 때 찾는 내 마음 가장 높은 곳이다.

　임도를 걷는 데 걸리는 시간은 세 시간 남짓. 임도 중간쯤이 제일 높은 데라서 제일 높은 데 갔다가 되돌아와도 그리 걸리고 되돌아오지 않고 곧장 가서 집으로 와도 그리 걸린다. 점심 먹고 나서서 돌아올 때면 대개는 해와 맞닥뜨린다. 맞닥뜨려도 기우는 해라서 그다지 따갑진 않다.

　곧 봄. 꽃이 피면 산허리 가로놓인 임도도 꽃물 들고 봄물 들리. 내 마음 가장 높은 곳에 가로놓인 당신도 꽃물 들고 봄물 들리. 돌아서서 뒤로 걸어도, 눈을 감고 걸어도 아장아장 느껴지는 봄의 이 기운! 아, 봄이다.

사랑은 멀고 높은 곳
삽시간에 밀려왔네

"

삽시간에 밀려왔네 꽃가루인 줄 알았네
눈뜰 수 없었네 황사 가운데로 빠져들었네
사랑은 멀고 높은 곳 나는 볼 수 없었네

"

황사

내 젊어 한 날 황사바람에 눈뜨지 못했네 멀고 높은 곳 삽시간에 밀
려왔네 허둥대며 황사 가운데로 빠져들었네 꽃가루인 줄 알았네 머
리에 어깨에 꽃가루 받으며 정처 없이 걸었네 집집마다 일찌감치 방
문 잠갔네 삽시간에 밀려왔고 눈뜰 수 없었네 사랑은 멀고 높은 곳 나
는 볼 수 없었네

뿌옇다. 길 너머 산 너머 보이는 건 뿌옇다. 다니는 사람이 드물고 다니는 새도 드물다. 안 그 래도 인적 뜸한 마을. 마음이 뿌옇다. 누런 먼지 가 켜켜이 앉는다.

내가 사는 집은 좀 낫다. 저수지 저 너머에선 집 이 뿌옇게 보일지라도 아직까지 여긴 먼지가 덜 앉은 편이다. 감나무 새잎도 파릇한 편이고 마당 민들레며 여기저기 풀이 파릇하다.

어찌 저리 파릇할까. 마당에 나가 새잎을 쓰다 듬고 민들레 풀을 쓰다듬는다. 어리고 여린 잎 이고 풀이지만 제 한 몸 건사할 줄 알고 간수할 줄 안다. 매년 산골에 푸른 기운이 넘치는 건 저 어리고 여린 잎 덕분이고 풀 덕분이다.

여전히 뿌연 길 너머 산 너머. 믿는 구석은 있다. 저 너머에선 뿌옇게 보일 내 사는 집이 실제론 파 릇하듯 여기선 뿌옇게 보이는 저 너머도 실제론 파릇하리라. 그러니까 길 너머 산 너머 저 너머도 매년 푸른 기운이 감돈다.

저 너머는 파스텔 그림. 손가락으로 문지르면 화면 가득 황사 가루가 연하게 번진다. 가루는 소 나무 숲을 연하게 덮고 길과 산의 경계를 연하게 덮는다. 꽃가루라 여기며 정처 없이 걷던 젊은 날에도 그랬다. 손가락으로 문지르고 걸으면 내 안과 내 바깥의 경계가 연해졌다.

당신. 멀고 높은 곳, 당신. 당신과 나 사이에 꽃가루를 뿌리고 문지른다. 당신은 연해지고 당신과 나의 경계도 연해진다. 파스텔 그림 같다. 연해서 더 들여다보고 싶은 그림 그 안에 당신이 있고 내가 있다.

핀 꽃에 손을 대고
지는 꽃에 손을 대다

"

더디 피고 일찍 지는 꽃의 마음인들 편할까
핀 꽃에 손을 대고 지는 꽃에 손을 대느라
몇 발짝 걷다간 멈춰 서는 몸살 앓는 봄이다

"

꽃 몸살

꽃은
피면 핀다고 아프고
지면 진다고 아프다
손을 대 짚어 보아라
절절 끓는 이 뜨거움
꽃이 뜨거운 것이냐
손이 뜨거운 것이냐
피는 꽃 짚어 보느라
지는 꽃 짚어 보느라
몇 발짝 걷다간 멈춰 서는
뜨거운 봄날

매화, 동백, 수선화, 앵두, 이슬앵두, 개나리, 민들레, 홍도. 지금 마당에 보이는 꽃이다. 어떤 꽃은 지고 어떤 꽃은 핀다. 백도와 수수꽃다리는 이제 막 꽃을 내민다. 잔가지마다 봉오리 동글동글 맺혔다.

이게 다가 아니다. 꽃샘추위 물러가고 봄이 지금보다 온화해지면 영산홍 화들짝 피고 감꽃 우수수 핀다. 꽃을 피우지 않는 무화과조차 은근슬쩍 꽃내를 풍긴다. 무화과 아래 작약도 잔뜩 약이 올랐다.

산골생활 삼십 년. 마당에서 피는 꽃이라면 이제 거의 도사다. 어떤 꽃이 언제 피고 언제 지는지 꽃보다 내가 더 잘 안다. 나한테 밉보여 더디 피는 꽃도 있고 일찍 지는 꽃도 있다. 꽃도 그걸 안다. 그래서 늘 내 눈치를 본다.

눈치 보기는 나도 마찬가지다. 내가 밉보여 어떤 꽃은 더디 피고 어떤 꽃은 일찍 진다. 마음을 돌리려고 해도 잘 안 된다. 더디 피는 꽃은 늘 더디 피고 일찍 지는 꽃은 늘 일찍 진다. 늘 그런다. 꽃들 고집도 엔간하다.

피는 꽃은 피고 지는 꽃은 지는 산골의 봄. 지대가 높은데다 물바람 불어대는 저수지를 껴서 도시나 평지보다 더디 피고 일찍 진다. 안 그래도 마음이 쓰이는데 내 잘못인가 싶어 더 마음이 쓰인다.

꽃인들 마음이 편할까. 더디 피고 일찍 지는 그 마음인들 어찌 편할까. 당신의 이마에 손을 대듯 핀 꽃에 손을 대고 지는 꽃에 손을 댄다. 내 손이 더 뜨겁기를! 내 마음이 더 뜨겁기를! 몸살 앓는 이 봄이다.

you come at four o'clock in the afternoon,
then by three o'clock I shall begin to be happy.

HYUNE

이슬까지 둥글어지려는
눈물까지 둥글어지려는

"

보름달은 어질어서 구름에 가려도 둥글고
보름달 달빛은 어질어서 산산조각 부서져도 둥글다
이 세상 가장 둥근 눈빛으로 나를 보는 당신

"

보름달

달은 수레바퀴
바퀴가 밀리지 말라고
밀려서 산 너머 굴러가지 말라고
실한 돌덩이를 받친다
달은 멈추고
내 어딘가에 돌덩이를 받친 듯
나도 멈추어
가장 둥글어지려는 달밤
이슬까지 둥글어지려는
눈물까지 둥글어지려는

지금은 깊은 밤. 무엇이 나를 깨웠을까. 둘러본다. 방은 고요하다. 마당을 내다본다. 풀벌레 소리가 나를 깨웠을까. 그러진 않을 것이다. 신경이 무딘 탓도 있지만 산골 삼십 년, 익을 대로 익어 자장가 같은 소리에 잠이 깬 건 분명 아니다.

아, 저것! 깊은 밤 나를 깨운 건 소리가 아니라 빛이었다. 정확하게는 빛이 부서지는 소리였다. 보름달 달빛이 마당에 부딪혀 쨍그랑 쨍그랑 부서지면서 갈래갈래 조각난 달빛 하나가 나를 흔들어 깨웠다. 종종 그랬다.

이왕 달아난 잠, 마당에 나선다. 초저녁 어둑할 무렵만 해도 막 뜨는가 싶더니 그새 밤하늘 가장 높은 자리에 가 있다. 가장 높은 자리 거기에서 금가루 은가루 달빛을 가장 멀리 뿌리고 가장 넓게 뿌린다.

양팔 벌리며 숨을 들이쉰다. 금가

루 은가루 달빛이 내 몸에 달라붙고 내 안에 빨려든다. 살아오면서 내 안팎이 이토록 빛나던 적이 있었을까. 내가 나를 보며 내 안팎이 빛난다고 생각한 적이 있긴 있었을까.

보름달 뜨는 날은 한 달에 하루. 한 달에 하루라고 해도 보름달 보는 날은 한 해 사나흘이나 될까 싶다. 비 와서 못 보고 다른 데 정신 팔려서 못 보고 음력 보름은 그렇게 보내기 일쑤였다. 한 해 사나흘이나 될까 싶은 오늘, 보고 또 봐도 질리지 않는 금가루 은가루 내 안팎.

달과 눈을 맞춘다. 어진 것은 둥글다. 보름달은 어질어서 구름에 가려도 둥글고 보름달 달빛은 어질어서 산산조각 부서져도 둥글다. 둥근 눈빛으로 나를 보는 당신. 당신이 이 세상 가장 어질다.

어느 꽃자리에서
너는 여물고 있느냐

"

언젠가는 누군가는 따야 할 매실
이왕이면 한알 한알 헤아려 따며
미안해하며 행복해하는 당신이길

"

매실

매화꽃 피던 자리
매실이 여문다
해 준 것 없이
보기만 한 꽃
보기만 한 자리
매실이 여문다
내가 본 꽃 중에서
가장 먼저 피던 꽃
해 준 것 없이
보기만 한 꽃
어느 꽃자리에서
너는 여물고 있느냐

매실이 제철이다. 하루하루 굵어지고 야물어진다. 하루하루가 뭔가. 시간시간 굵어지고 야물어진다. 가만 놔두면 제풀에 녹을 것 같다. 딸 때는 됐는데 따려니 아깝고 놔두려니 시기를 놓치지 싶다. 따려다간 손을 거두고 따려다간 손을 거둔다.

매실나무는 한 그루. 별채 가까운 마당에서 꽃 피우고 열매 맺는다. 달랑 한 그루라서 외롭기도 하련만 가장 먼저 꽃 피우고 가장 먼저 열매 맺는다. 동생 하나 없이 홀로 집안 일으켜 세우려는 장남 같고 장녀 같다.

하나둘셋. 어느 시에 썼듯 매화가 피면 꽃망울을 헤아리곤 한다. 부풀어 터질 것 같은 산골의 심심한 시간을 그렇게라도 달랜다. 한 차례도 성공한 적은 없다. 열, 스물까지는 무난하다가도 그 이상 넘어가면 헷갈리고 만다.

그러면 잔가지를 헤아린다. 가지에 맺힌 꽃망울 수는 이 가지 저 가지 엇비슷하니 가지 수만 알면 전체 꽃망울을 얼추 맞추지 싶어서다. 이 또한 한 차례도 성공하지 못했다. 한 나무에 꽃망울이 넘쳐나듯 한 나무에 잔가지도 넘쳐난다.

딸까 말까. 따기도 난감하고 안 따기도 난감하다. 꽃망울 때부터 정을 줬는데 어찌 따랴. 따야 하는 이유도 같다. 꽃망울 때부터 정을 줬는데 어찌 안 따랴. 작은 정은 따지 말라 그리고 큰 정은 왜 안 따느냐 그런다. 이래저래 난감한 매실 철이다.

매실을 헤아린다. 한알 한알 헤아리다 중간에서 놓친다. 언젠가는 누군가는 따야 할 매실. 이왕이면 한알 한알 헤아리며 광주리에 담는 사람이면 좋겠다. 한알 한알 미안해하며 행복해하는 당신이면 좋겠다.

아무리 많아도, 아무리 멀어도

"

다 다른 별에서 별 하나 찾는다
아무리 많아도, 아무리 멀어도
당신 떠올리면 찾아지는 그 별

"

별

검은 비단에다 자수를 뜹니다 큰 별 크게 수놓고 밝은 별 밝게 놓습니
다 별과 별 사이 띄우기도 하고 붙이기도 합니다 긴 실선은 별똥입니
다 나서기를 꺼리는 별은 산 너머에 감춥니다 대신에 형광실을 놓아
산이 대낮처럼 환합니다

오늘은 그믐밤. 달이 뜨는 대신 별이 총총하다. 별은 그렇다. 달빛이 환하면 나서기를 꺼린다. 스스로 낮추고 스스로 숨는다. 심성이 여려서다. 그래서 달빛 환한 밤에는 별이 드문드문 보이거나 통 보이지 않는다.

달도 그걸 안다. 그걸 알아 스스로 빛을 조절한다. 하루하루 빛의 밝기를 낮추어 가다가 그믐밤이면 밤하늘 모든 자리를 별에게 내어준다. 달이 온전히 자신을 내어주는 그믐밤. 달은 온전히 내어주며 별은 온전히 받아들이며 그믐밤은 깊어간다.

별 총총 그믐밤. 별은 어떤 표정을 지을까. 기뻐할까, 미안해할까. 심성이 여려서 달에게 미안해하는 별이 훨씬 많지 싶다. 달은 그게 또 미안해서 단 한 달도 거르지 않고 밤하늘 모든 자리를 선선히 내어준다.

마당에 나선다. 별이 짓는 표정을 제대로 살피려고 집 안팎 내등과 외등을 죄다 끈다. 달빛 환할 때는 보기 어렵던 별이 따로따로 빛나거나 끼리끼리 빛난다. 소멸하기 직전 유성은 별과 별을 이으며 존재감을 한껏 드러낸다.

별은 사람과 다르지 않다. 어떤 사람은 여름을 타고 어떤 사람은 겨울을 타듯 어떤 별은 여름을 타고 어떤 별은 겨울을 탄다. 여름을 타는 별은 겨울밤에만 나오고 겨울을 타는 별은 여름밤에만 나온다. 사람이 다 다르듯 별은 다 다르다.

다 다른 별에서 별 하나를 찾는다. 여름에도 보이고 겨울에도 보이는 그 별. 별이 아무리 많아도, 아무리 멀어도 당신을 떠올리면 언제든 어디서든 찾아지는 그 별. 가장 어두우면서 가장 환한 그믐밤이 깊어 간다.

참다가 참다가
비가 오는

"

참다가 참다가 터지는 그런 날 있다
그렇긴 해도 당신 앞에선 종내 참았으면 한다
맑은 하늘 군데군데 구름만 보였으면 한다
"

참다가 참다가

비 올 날씨가 아닌데
비가 온다
지나가는 비려니
하늘을 본다
하늘 한곳
구름 몇
사람도 그런 날 있다
보기에는 맑아 보여도
마음 한곳
구름 몇
참다가 참다가
지나가는 것처럼
비가 오는

비| 올 날씨가 아닌데 비가 온다. 맑은 하늘 군데군데 구름. 금방 지나가려니, 마당에 쪼그려 잡초를 뽑는다. 남은 풀은 절반 정도. 며칠이나 차일피일 미루던 일이고 이왕 차려입고 나왔으니 비가 오든 말든 끝을 보려는 마음이다.

긴 팔, 긴 바지, 그리고 목에 두른 수건. 복더위인데도 차림새가 무겁다. 여기는 모기 많은 산골. 마당이나 텃밭에서 일하려면 맨살을 최대한 감싸야 한다. 다시 차려입기 번거로워서라도 시작한 일은 끝을 봐야 한다.

비가 심술을 부린다. 지나갈 듯 지나갈 듯 지나가지 않는다. 완전히 차려입고 일하는 바람에 아까는 땀이 비 오듯 하더니 지금은 비가 땀 내리듯 한다. 비도 심술이고 땀도 심술이다. 그나마 밀짚모자가 가려줘서 비는 덜 맞는 기분이다.

옷은 차츰 젖어 간다. 어깻죽지가 젖어 가고 소매가 젖어 간다. 젖은 흙이 튈까 봐 소매 끝단을 접는다. 물기 스며들면서 흙이 촉촉해져 일하기는 편하다. 풀뿌리가 쑥쑥 빠진다. 그 재미에 열을 냈더니 허리가 뻑적지근하다.

허리 펼 겸 잠시 일어선다. 이왕 젖은 옷인데 싶어 빗물 고인 평상에 드러눕는다. 하늘은 여전히 맑고 군데군데 구름이다. 등은 축축하지만 기분은 상쾌하다. 맑고 비 오는 날. 일 년에 이런 날이 몇 날이나 있을까.

비를 본다. 비 올 날씨가 아닌데 내리는 비. 얼마나 참았으면 더는 참지 못하고 이런 날씨에 내리는 걸까. 사람도 그런 날 있다. 참다가 참다가 터지는 날. 그렇긴 해도 당신 앞에선 종내 참았으면 한다. 맑은 하늘 군데군데 구름만 보였으면 한다.

저기 저 풀잎
언제쯤에나 나를 보며 붉어지려나

"

풀에도 마음이 있을까, 있다고 생각한다
있으니까 가까워지거나 멀어지거나 한다
가까워지거나 멀어지는 모든 두 사람처럼
"

하세월

저기 저 풀잎
언제쯤에나 나를 보며 붉어지려나
하세월
저기 저 사람
언제쯤에나 나를 보며 붉어지려나
하세월

풀도 단풍 들까. 글쎄다. 든다 안 든다, 단정하진 말자. 내가 본 풀이 다가 아닐 테니. 본 풀보다 보지 않은 풀이 몇 곱절은 많을 테니. 아무리 알아도 다 알지 못하는 당신처럼. 당신이 가진 깊이처럼.

풀도 단풍 들까. 솔직히 말하면 든다고 생각한다. 나뭇잎은 단풍 드는데 풀인들 단풍 들고 싶지 않을까. 나뭇잎 닮고 싶어서 잎이 흔들리면 같이 흔들리고 잎이 처지면 같이 처지는 풀인데 단풍은 왜 따라 하고 싶지 않을까.

풀에도 마음이 있을까. 있다고 생각한다. 있으니까 나뭇잎을 따라 하려고 한다. 있으니까 풀과 풀은 닿을 만큼 가까워지기도 하고 토라져서 멀어지기도 한다. 가까워지기도 하고 멀어지기도 하는 이 세상 모든 두 사람처럼.

풀을 본다. 가까이서도 보고 거리를 둬 멀어져서도 본다. 풀은 담담하다. 가까이서 본다고 좋아하고 멀리서 본다고 싫어하지 않는다.

나보다 낫다. 당신이 가까워지면 들뜨고 멀어지면 보채는 나보다 백
배 천배 낫다.

 풀을 만진다. 그 풀이 그 풀 같아도 같은 풀은 없다. 까칠하거나 매
끄럽다. 보이는 면과 보이지 않는 면이 같은 풀이 있는가 하면 다른
풀이 있다. 한 뿌리에서 난 풀이라도 길이가 다 다르고 높이가 다 다
르다. 그 풀이 그 풀이라고 알던 나는 얼마나 오만한가.

 지금은 가을 초입. 풀은 여전히 파릇하다. 고백하자면, 나는 풀이 단
풍 들지 않았으면 한다. 단풍은커녕 그 반대다. 지금 이대로 파릇했
으면 한다. 당신도 그렇다. 지금 이대로 파릇하길. 아무리 알아도 다
알지 못하는 지금 이대로 당신이길.

나무의 단풍, 사람의 단풍

"

같은 나뭇잎이든 다른 나뭇잎이든 잎은 성자다
자기만 살자고 다른 잎을 떨어뜨리지 않는다
그리하여 마침내 다 함께 단풍에 다다른다

"

노을

나무는 자기가 단풍 드는 걸 알까
제 몸 물기 서서히 빠져나가
마지막 순간의 절정이
단풍이란 걸 알까
단풍 든 잎 스스로 떨어지는
바람 불지 않는 저녁
저걸 주워야 하나 말아야 하나
물끄러미 바라보는 나의 저녁
이 나무 저 나무
새소리 번지는 하늘
발갛다

한 잎. 또 한 잎. 바람이 불지도 않는데 잎이 자꾸 떨어진다. 저걸 무어라고 해야 하나. 나무가 마음을 놓았다고 해야 하나, 잎이 마음을 비웠다고 해야 하나. 이러든 저러든 미련은 없는 듯 나무도 잎도 순순히 응한다.

한 잎. 또 한 잎. 저걸 어떻게 해야 하나. 주워야 하나, 내버려 둬야 하나. 줍기에는 너무 많고 내버려 두려니 아깝다. 내가 해줄 수 있는 건 다문 여남은 잎이라도 들여다보는 일. 앞뒤 어루만지며 내가 가진 온기를 나누는 일. 그정도.

어루만지는 감촉은 조금씩 다르다. 아직은 물기를 간직한 잎이 있고 물기가 빠질 대로 빠져서 바스러지기 직전인 잎이 있다. 나무와 함께할 때처럼 반듯한 잎이 있고 뒤틀릴 대로 뒤틀려서 만지기조차 조심스러운 잎이 있다.

어느 잎도 단풍이던 잎. 같은 나뭇잎이든 다른 나뭇잎이든 비슷한 시기에 나서 비슷하게 자랐으며 마침내 절정인 단풍에 다다랐던 잎들이다. 잎은 성자다. 자기만 살자고 다른 잎을 떨어뜨리지 않는다. 그리하여 함께 절정에 이른다.

단풍. 절정이면서 마지막 여정이 단풍이란 걸 잎은 알까. 알 것이다. 보기만 하는 나도 아는데 당사자인 저들이 왜 모를까. 아니까 자신이 가진 가장 아름다운 내면을 바깥으로 드러내려 했고 자신이 가진 무게를 줄여 가장 가벼워지려 했다.

사람도 단풍 들 것이다. 나무의 단풍이 절정이면서 마지막 여정이라면 사람의 단풍 또한 그렇다. 하루로 친다면 노을 지는 저녁쯤이겠다. 한여름 두세 차례나 몰아쳤던 태풍을 견뎌내고 저녁에 온전히 이른 나무의 단풍, 사람의 단풍. 그리고 당신이란 단풍.

어디에서 봐도
반짝이는 물잎

"

가장 둥글어져서야 뚝뚝 떨어지고
가장 무거워져서야 뚝뚝 떨어지는
이파리 떨군 자리 반짝이는 물잎
"

물잎

잎 지는 나무에
빗방울이 잎 대신 맺힌다
몇 달이나 맺은 연 거의 다 내려두고
실의에 빠졌던 나무
이제 막 피는 떡잎 같은 물잎을
듬성듬성 매달고 생기가 돈다
물잎 한 잎 한 잎
또는 한 방울 한 방울
약속이나 한 듯
가장 둥글어져서야 뚝뚝 떨어지고
가장 무거워져서야 뚝뚝 떨어진다
오래 가지 못할 연이나마
늦추고 또 늦추다가
가장 나중에야 거두어들인다
한낮의 빛이 파고들어
여기 반짝이고 저기 반짝이는 물잎
실의에 빠졌던 나무가
여기 반짝이고 저기 반짝인다

비도 지치는가 보다. 오다가 말고 오다가 말고 그런다. 비는 어디쯤에서 오는 걸까. 얼마나 멀리서 오기에 지칠 대로 지쳐 오다가 말고 오다가 말고 그러는 걸까. 둘러보면 멀지 않은 데가 없다. 구름 낀 하늘도, 저수지 건너 산모퉁이도 멀다.

나무는 생기가 돈다. 오다가 말고 오다가 말더라도 비가 닿으면 닿는 대로 받아들인다. 나무는 왜 나무인가. 한결같아서 나무다. 한결같은 자리, 한결같은 자세다. 오다가 마는 비일지라도 한자리, 한 자세로 나무에 닿는 대로 받아들인다.

생기가 돌기는 마당 감나무도 마찬가지다. 그 많던 이파리 죄다 떨구고서 실의에 빠졌던 감나무. 감나무는 우리집 마당에서 가장 높다랗다. 가장 높다랗기에 우리집에선 비도 가장 먼저 맞고 생기도 가장 먼저 돈다.

우리집 나무는 다들 마음이 여리다. 속이 깊다고 해야 하나. 집 들어오는 자리에 심은 은행나무가 그렇고 별채 무화과가 그렇다. 봄부터 겨울에 이르기까지 함께하던 이파리가 하나둘 멀어져 가도 붙잡을 생각을 하지 않는다. 천성이 여려서다.

비는 속이 깊다. 모든 비가 다 그런 건 아니고 나무에 내리는 비만 속이 깊다. 속이 깊어서 잎 진 나무에 내리고 속이 깊어서 이파리 폈던 자리에 맺힌다. 맺혀서는 가장 둥글어져서야 뚝뚝 떨어지고 가장 무거워져서야 뚝뚝 떨어진다.

나무는 늘 반짝인다. 새순이 막 날 때도 반짝이고 잎이 두툼할 때도 반짝이고 단풍이 들어서도 반짝인다. 이파리 죄다 떨구고서는 물잎으로 반짝인다. 물잎은 둥글어 어디에서 봐도 반짝인다. 어디에서 봐도 반짝이는 당신 같다.

봄바람은 슬슬 불고
웃음은 실실 나오고

"

봄바람이 나를 자꾸 간질인다
간지럼 잘 타는 데를 용케 알아
간질여도 꼭 거기만 간질인다
"

저수지

비스듬히 던진 돌이 풍덩 빠지자
순간의 깨달음을 얻은 물이
부처가 손가락 원을 내보이듯
수면에 원을 내보였다간 슬그머니 거둔다
슬그머니 거두는 속이 얼마나 깊은지 보려고
서너 번은 돌을 던지는데
던지는 족족 빙긋빙긋 웃는다
들어가 보지 않으면 깊이를 알 수 없는 속을
청둥오리 들어갔다간 한참을 붙잡혔다 나오고
내가 던진 돌은 도저히 가닿지 못할 거리에서
물고기는 풍덩 해탈하는 소리를 낸다
소리 낸 물고기는 보지도 못했는데
저수지가 얼마나 크게 웃었던지
빙긋빙긋 둥근 원이 내가 선 곳까지 밀려온다

사람이나 저수지나 마음은 같은 모양이다. 봄바람 들어 살랑살랑 이는 내 마음, 봄바람 불어 살랑살랑 이는 저수지. 훌쩍 떠나고 싶은 마음도 같은지 저수지 물결은 둑 쪽으로 연신 밀려간다.

훌쩍 떠나고 싶은 마음은 새도 같은 모양이다. 부리 긴 새나 짧은 새나 한 군데 가만히 있지 않는다. 저수지 이쪽에서 저쪽으로 날아가거나 저쪽에서 더 저쪽으로 날아간다. 마음을 얼마나 비웠으면 저리 가벼울까.

어찌 저리 가벼울까. 어찌 저리 홀가분할까. 몸이 무거워질 대로 무거워져 아무때나 떠나지 못하는 나는 저수지에다 대고, 저쪽으로 날아간 새에다 대고 돌멩이를 던진다. 돌멩이를 삼킨 수면은 그런 내가 가소로운지 빙긋빙긋 웃기만 한다.

풍덩. 소리가 난 곳으로 고개 돌리지만 매번 허탕이다. 소리는 났는데 소리를 낸 물고기는 보이지 않는다. 잉어일까, 월척 붕어일까. 물고기 대신 물고기가 일으킨 둥근 파문이 내가 선 쪽으로 밀려오다가 지워진다. 지워지지 않는 파문은 없다!

청둥오리는 겁도 없다. 거기가 어디라고 머리통

을 들이밀고 몸통을 들이민다. 사람 속이 아무리 깊은들 열 길 물속보다 깊을까. '아차' 싶었는지 들어가는 족족 머리통을 내밀고 몸통을 내민다. 약간은 멋쩍은지 애써 나를 멀리한다.

웃음이 실실 나온다. 봄바람이 나를 자꾸 간질인다. 간지럼 잘 타는 데는 어떻게 알았는지 간질여도 꼭 거기만 간질인다. 사랑하는 사람이 실실 웃으면 근처 어디에서 봄바람 살랑살랑 부는지 둘러봐야겠다. 마음 어디에서 봄바람 살랑살랑 이는지 살펴봐야겠다.

무얼 하며 지낼까
살아는 있을까

"

길이 흐릿하고 사람이 흐릿하다
내가 걸은 길이고 내가 알은 사람이지만
지금은 길도 흐릿하고 사람도 흐릿하다
"

비

그냥 비일 뿐인데
지나가는 비일 뿐인데
좀 젖었다고
소매 끝단을 접었다 펴고
살아는 있을까
이름 끝자를 접었다 펴고

봄비다. 봄바람만큼이나 반갑다. 하던 일을 멈춘다. 마루에 앉아 마당 적시는 봄비를 보고 봄비 스미는 마당을 본다. 마당 여기저기 냉이며 달래는 좋아 죽겠다는 표정이다. 만면에 꽃이 핀다.

봄비는 은근하다. 적시는 줄도 모르게 마당 감나무를 적시고 감나무보다 높은 전깃줄을 적신다. 비를 맞는 것은 젖는 줄도 모르고 젖어 간다. 낮을 대로 낮은 냉이며 달래도, 높을 대로 높은 감나무며 전깃줄도.

몸에 한기가 든다. 봄이라곤 하지만 아직은 차갑다. 좀 움직여야겠다. 까짓것 봄빈데 젖어 봤자 얼마나 젖을까. 마당에 나가 좌우로, 앞뒤로 몸을 푼다. 마당은 좁아도 돌 만은 하다. 한 바퀴, 또 한 바퀴. 나도 모르게 젖어 간다.

몸이 젖고 마음이 젖는다. 이 나이 이르도록 걸어온 외길이 떠오르고 가까웠다가 멀어진 사람이 떠오른다. 길도 흐릿하고 사람도 흐릿하다. 내가 걸은 길이고 내가 알은 사람이지만 지금은 길도 흐릿하고 사람도 흐릿하다.

내가 걸은 길을 돌아본다. 다른 길은 없었을까. 없지는 않았을 것이다. 내가 걸은 길도 그리 나쁘진 않았다. 어쩌면 나에게 딱 맞는 길이었다. 걸어오면서 길가에 심은 나무며 꽃, 들여다보는 이도 있으리라.

길과 달리 사람은 미련이 남는다. 무얼 하며 지낼까. 살아는 있을까.

당신은 그런 사람 없는가. 있다면 이 비 그치기 전에 전화라도 해 보라. 십 년 전, 이십 년 전 번호일지라도 신호는 가리니. 봄비 내리는 소리처럼 신호음 촉촉하려니.

소중한 건 돌담 아니라
돌담 너머 당신

"

당신과 나 사이에 가로놓인 담들
한쪽이 낮아 보여도 그냥 넘어가리라
소중한 건 담이 아니라 담 너머 당신이므로

"

돌담

한쪽 돌담이 낮아 보입니다 돌을 쌓아올립니다 이번에는 다른 쪽 돌
담이 낮아 보입니다 낮아 보이는 돌담을 다시 쌓아올립니다 맞춘다
고 맞춰도 어느 한쪽은 아무래도 낮아 보입니다 가만둬도 될 걸 일머
리 없이 건드려 몸이 고생입니다 담만 높아집니다

늘 그랬다. 한 달 내내 산골에서 지내던 처음 10년은 늘 심심했다. 아침은 아침대로 심심했고 낮은 낮대로 심심했고 저녁은 저녁대로 심심했다. 마루에 우두커니 앉아 아침을 지켜봤고 낮을 지켜봤고 저녁을 지켜봤다.

돌담은 마루에게 동무였다. 마루에 앉으면 돌담이 먼저 보였다. 돌탑 쌓느라고 허물기 전까진 그랬다. 돌담과 마루는 여러모로 비슷했다. 군데군데 빈틈이었고 키도 약간 크거나 약간 작았다. 함께 자란 절친 같았고 둘도 없는 말동무 같았다.

어느 날 돌담에 '필'이 꽂혔다. 눈길이 거기서 멈추었다. 그전엔 곧잘 넘어서던 눈길이 유독 돌담에서 맴돌았다. 그래 저거다. 돌담 높이를 가지런히 하고 싶었다. 돌담은 더 때깔 나고 나는 덜 심심하고 싶었다.

돌을 주워 모았다. 집 뒤는 산. 옆도 산이었다. 돌을 제법 모아서 낮아 보이는 돌담에 한 돌 한 돌 얹었다. 몇 돌 얹고는 마루로 가서 눈대중했다. 그러기를 두어 번. 이번에는 다른 쪽이 낮아 보였다. 또 돌을 모았다.

애초에 무리였다. 도시에서 태어나고 자란 도시 사람에게 돌담 쌓기는 넘지 못할 벽이었다. 언감생심이었다. 아궁이 땔감 불도 제대로 못 지피는 주제에 감히 돌담이라니! 좀 심심하면 어때서 그걸 못 참고 돌담에 몹쓸 짓을 했다.

괜한 고생이었다. 괜히 건드려 나도 고생이고 돌담도 고생이었다. 담만 높아졌다. 당신과 나 사이에 가로놓였거나 가로놓일 담들. 한쪽이 낮아 보여도 그냥 넘어가리라 생각했다. 소중한 건 담이 아니라 담 너머 당신이므로.

한 잎도 아까운데
한꺼번에 두 잎 세 잎이

"

꽃 진 자리 나날이 늘어나고
꽃과 꽃 사이 나날이 멀어진다
사는 게 뭔지 속절없다 한숨만 난다
"

복사꽃

복사꽃 하얀 복사꽃
바람이 나서
좀 붙어 있어라 달래어 봐도
귀담아듣지 않네
꽃잎끼리 눈이 맞아
다 달아나네
하얀 복사꽃 봄바람이 나서
나무만 달랑 남네
나무가
후유후유
속이 터지네

저걸 어쩌나. 저걸 어쩌나. 한 잎도 아까운데 한꺼번에 두 잎 세 잎 떨어져 나간다. 떨어져 나가봤자 나무 아래나 돌담 언저리. 거기서 거긴데 꽃잎은 무엇이 갑갑해서 저리 급할까. 저리 안달일까. 잔바람만 불어도 들썩이더니 기어이 잎이 잎을 물고 떨어져 나간다.

꽃 진 자리가 나날이 늘어난다. 어제오늘 다르고 아침저녁 다르다. 필 때도 아래위 다르지 않더니 질 때도 아래위 다르지 않다. 아래 꽃이 먼저 지는가 싶으면 위 꽃이 먼저 지고 아래위 따로 지는가 싶으면 한꺼번에 진다. 한 잎도 아까운데 한꺼번에 두 잎 세 잎 진다.

속절없다. 꽃 진 자리 나날이 늘어나고 꽃과 꽃 사이 나날이 멀어진다. 꽃인들 어쩔 것이며 나문들 어쩔 것인가. 정이 뭔지, 사는 게 뭔지 속절없다. 한숨만 난다. 나무 보는 것도 마음이 무겁고 나무에 붙은 꽃을 보는 것도, 나무에서 떨어져 나간 꽃을 보는 것도 마음이 무겁다.

나뭇가지는 그나마 심지가 굳다. 꽃잎이 떨어져 나갈망정 움츠러들지 않는다. 굽은 가지는 굽고, 휘어진 가지는 휘어질망정 가지의 끝은 여전히 위로 뻗대고 여전히 바깥으로 뻗댄다. 그게 좋아서 해가 바뀌면 다시 꽃이 피고 그게 좋아서 해마다 잎이 난다.

잎은 하나같이 파릇하다. 막 피는 잎이라서 파릇하기도 하지만 심지가 굳은 나무에 물들어서 파릇하기도 하다. 다 그렇다. 잎이란 잎, 모두 파릇하다. 나무를 거쳐서 나는 잎도 그렇고 흙땅에서 바로 나는 잎도 그렇다. 나무도 심지가 굳고 흙땅도 심지가 굳어서 이 세상 모든 잎, 파릇하다.

나무 가까이 간다. 나무 그늘에는 꽃잎이 수북하다. 아래 폈던 꽃잎도 위에 폈던 꽃잎도 꽃그늘에 들어 평온하다. 주름조차 곱고 환하게 보이는 평온이다. 어디서 저런 평온을 보았을까. 잔주름조차 곱고 환하게 보이던 당신이었을까.

함께사는 세상 ----- 人

HYUN

대야가 비 맞고 있습니다
대야가 빗물을 받아내고 있습니다

"

대야는 기특해 자기를 때린 빗물을 다 받아낸다
그러면서 대야에 가득찬 빗물의 무게로
스스로 안정감을 찾는다 더는 움찔대지 않는다
"

세숫대야

대야가 비 맞고 있습니다 멍든 자리 또 맞아 멍이 깊어 갑니다 두들겨 맞는 소리가 튕겨 나와 귀를 후벼팝니다 대야가 빗물을 받아내고 있습니다 대야를 때린 빗물을 대야가 받아냅니다 그 물 그냥 쓰기 미안해 대야 앞에 구부리고 앉아 나를 비 맞게 합니다 비는 속이 좁다. 인정이라곤 없다. 그만하거나 옮겨갈 때도 됐건만 같은 자리 연신 두들긴다. 대야를 두들기는 비는 둘. 하나는 하늘에서 곧장 떨어지고 하나는 처마를 거쳐서 떨어진다. 어느 비든 속이 좁기는 마찬가지다.

어느 비든 대야는 아픈 소리를 낸다. 곧장 떨어지는 비는 가늘어도 가속도가 붙어서 아프고 처마를 거쳐서 떨어지는 비는 속도는 덜해도 굵어서 아프다. 얼마나 아팠으면 가만있지 않고서 움찔대며 아픈 티를 낸다.

대야는 기특하다. 자기를 때린 빗물을 다 받아낸다. 제 안에 품고서 넘치면 넘치는 만큼만 내어놓는다. 그러면서 스스로 안정감을 찾는다. 대야에 가득찬 빗물의 무게로 더는 움찔대지 않고 아픈 소리도 덜 낸다.

산골 산 지 일이 년 모자라는 삼십 년. 산골 살면서 샀으니 대야도 일이 년 모자라는 삼십 년이다. 삼십 년 빗소리가 스며든 대야는 내 산골생활 처음이 어땠는지 다 알고 우여곡절을 다 알고 어떻게 해서 오늘 여기까지 왔는지 다 안다.

대야는 다 기억한다. 대야를 들여다보면 대야가 기억하는 게 다 보인다. 참 많은 이가 산골 내 집에서 자고 갔다. 물이 찬 세숫대야를 들여다보면 그들 얼굴이 보인다. 술이 넘쳐 퉁퉁 부은 얼굴, 마음이 넘쳐 퉁퉁 부은 얼굴.

비는 여전히 속이 좁다. 대야가 아까보다 아픈 소리를 낸다. 저걸 처마 아래로 옮겨야 하나. 망설이다가 마당 세면대로 나간다. 대야 가득찬 빗물에 어리는 얼굴. 마음이 넘쳐 퉁퉁 부은 당신의 얼굴이 거기 있다.

꽃잎보다 얇은 꽃잎의 막,
당신에게 두꺼워진 나를 나무라는

"

나도 모르게 당신에게 두꺼워질 때 있어

그럴 때면 지금처럼 꽃잎을 만지리라

당신 앞에서 두꺼워진 나를 나무라리라

"

꽃잎의 막

꽃잎에는 꽃잎보다 얇은
꽃잎의 막이 있다
누군가의 막이 된다는 건
그 누군가보다 얇아진다는 것
그대보다 얇아지지 않고서
내 어찌 그대의 막이라 하리
얇아도 얇지 않은 꽃잎과
꽃잎보다 얇은 꽃잎의 막

꽃잎은 예뻐서도 좋지만 얇아서도 좋다. 엄지와 검지 사이에 두고 살살 문지르면 손가락마저 가늘어지는 기분이다. 종이도 얇지만 종이와 꽃잎의 촉감은 전혀 다르다. 종이 촉감은 앞면과 뒷면이 단절된 느낌이라면 꽃잎 촉감은 앞면과 뒷면이 닿는 느낌이다.

꽃잎마다 약간의 차이는 있다. 다 같이 얇아도 어떤 꽃잎은 조금 더 두꺼운 느낌을 주고 어떤 꽃잎은 조금 더 얇은 느낌을 준다. 보기에는 얇아 보이는데 보기보다 두꺼운 꽃잎이 있고 보기에는 두꺼워 보이는데 보기보다 얇은 꽃잎이 있다.

보기보다 두껍거나 얇은 꽃잎들. 그러므로 꽃 감상은 보는 데만 있지 않고 만지는 데도 있다. 멀찍이 떨어져서 보는 것도 완화玩花의 묘미지만 가까이 다가가서 만지고 느끼고 받아들이는 것도 완화의 묘미다.

꽃잎을 만진다. 두꺼운 느낌을 주는 꽃잎이 꽤 된다. 그래 봤자 꽃잎이다. 얇고 보드라운 감각이 몸을 파고들고 정신을 파고든다. 꽃잎이 주는 촉감에 젖어서 이 꽃잎 저 꽃잎 만지노라면 사람도 얇고 보드라워진다.

사람도 그렇다. 보기에는 두꺼워 보이는데 한없이 얇은 사람이 있고 보기에는 얇아 보이는데 한없이 두꺼운 사람이 있다. 그래 봤자 사람이다. 아무리 두꺼워 봤자 사람이 가진 원래 심성은 한없이 얇고 보드랍다. 한없이 여리다.

꽃잎을 만진다. 눈에는 보이지 않지만 두꺼운 꽃잎도 얇은 꽃잎도 저마다 보호막이 있다. 꽃잎보다 얇은 꽃잎의 보호막은 얼마나 갸륵한가. 당신 앞에서 나도 모르게 두꺼워질 때가 있다. 그럴 때면 지금처럼 꽃잎을 만지리라. 당신 앞에서 두꺼워진 나를 나무라리라.

달빛이 천 군데 강물에 비치듯

"
등 돌리면 등 돌린다고 들볶고
멀어지면 멀어진다고 들볶고
밤 내내 시인을 들볶는 소리
"

중이염

개구리가 울어 대는 바람에 귀에서 물이 납니다 귀가 망가집니다 다가
가면 저리 가라고 울어 댑니다 물러서면 섧다고 울어 댑니다 어중간한
자리에 퍼지고 앉아 그저 진정하기를 기다립니다 울기는 개구리가 우
는데 물은 내 귀에서 납니다

개구리 우는 소리가 극성이다. 밤낮이 없다. 밤은 더 심하다. 월인천강이다. 천 군데 강물에 비치는 달빛이다. 저 소리에 겨워 나무는 밤 내내 이슬을 받아내고 저 소리에 겨워 시인은 밤 내내 시를 쓴다.

개구리 우는 데는 논. 논물 그득 채운 거기서 툭하면 울어 댄다. 짝 찾는다고 울어 대고 논에 물 찼다고 울어 댄다. 개구리 우는 소리는 짝을 찾아야 비로소 그치고 논에서 물을 빼내야 비로소 그친다.

개구린들 밤 내내 울고 싶을까. 듣는 나도 힘든데 우는 저들은 오죽 힘들까. 왜 힘들지 않겠느냐만 개구리는 이맘때 한 생애 가장 절실하게 운다. 한 생애 가장 절실해서 낮에도 울고 밤에는 더 극성스럽게 운다.

개구리 소리는 밤 내내 나를 들볶는다. 절실하게 울어본 적이 언제였느냐며 들볶고 그런 적이 있긴 있었느냐며 들볶는다. 등 돌리면 등 돌린다고 들볶고 멀어지면 멀어진다고 들볶는다. 밤 내내 들들 들볶는다.

이왕 놓친 잠. 개구리 소리와 대면한다. 나

는 절실하게 운 적이 있었던가. 절실하게 울기는 울었던가. 영 없지는 않겠지만 딱히 떠오르는 기억은 없다. 나도 나에게 의문이 든다. 그런 적이 있긴 있었던가.

개구리 소리는 극성이다. 극성도 그런 극성이 없다. 월인천강 달빛이 천 군데 강물에 비치듯 천 군데 논물에 스며들고 만 군데 나무에 스며든다. 단 한 군데 당신. 한 군데뿐인 당신에게 스며드는 시 한 줄 못 쓰느냐며 밤 내내 시인을 들볶는다.

오로지 한 방향, 당신!

"

마루도 집도 참 어지간해

지은 지 백 년 넘도록 한 방향

누가 앉아도 오로지 한 방향만 봐

"

면벽

집이 남향이라서
마루에 앉으면 나도 남향이다
집이 방향을 틀어야
나도 방향을 튼다
집이 끌어들이는 길 남쪽에서 오고
내가 끌어들이는 길 남쪽에서 온다
남쪽은 집 한 채 사 두고 싶은 곳
평당 몇만 원 촌집 손질해
평생 내 집이란 데서 살고 싶은 곳
그리고 남쪽은
높아지지도 않고 불어나지도 않는 곳
더는 높아지지 않는 산이 남쪽에 있고
더는 불어나지 않는 저수지가 남쪽에 있다
산이 벽이라도 되는 것처럼
저수지가 벽이라도 되는 것처럼
지은 지 백 년이나 한 방향 가부좌
집이 남향이라서
나도 남향이다

한 달 내내 산골에 살 때는 마루에서 보내는 시간이 많았다. 시간이 남아돌기도 했지만 탁 트인 마루에서 지내는 게 그냥 좋았다. 누워서 책을 보거나 캄캄한 밤하늘 예리하게 가르는 번개를 봤다. 돌담 옮겨 다니며 쫑긋대는 새에 눈총을 쐈으며 등 기대고 앉아서 졸았다.

돌담 너머 저수지도 진저리나도록 봤다. 책은 얼마 보지 않아서 질리고 번개는 보고 싶어도 내 눈을 피해서 치지만 저수지는 수더분했다. 오래 봐도 질리지 않았고 보고 싶을 때마다 볼 수 있었다. 새가 돌담에 앉거나 말거나 내가 졸거나 말거나 언제든 그 자리 있었다.

저수지만큼이나 저수지를 낀 고갯길도 원 없이 봤다. 얼마나 봤던지, 눈으로 얼마나 밟고 다녔던지 길은 사시사철 반들반들했다. 산골로 이사 오고 나서 몇 년 지나지 않아 시멘트가 깔렸지만 황톳길일 때도 잡초 하나 없이 반들반들했던 건 순전히 내가 밟고 다닌 덕분이었다.

길은 고개 넘어 남쪽으로 이어진다. 계속해서 가면 고성 바다가 나오고 통영 바다가 나온다. 둘 다 남쪽 바다다. 남풍이 불면 바람은 통영 바다를 거쳐 고성 바다를 거쳐 우리집까지 온다. 집 뒤는 산이라서 더는 가지 못하고 마루에서 오글거리다 슬그머니 물러난다.

남풍은 열이면 열 슬그머니 물러난다. 골짝을 타고 기세등등 들이닥치던 골바람조차 우리집에만 오면 맥을 못 춘다. 집이 백 살 훌쩍 넘은 할아버지 댁인 까닭이다. 통유리를 다는 등 멋은 좀 냈어도 바탕은 초가삼간. 초가삼간 누옥이 행여 낙상이라도 하실까 싶어 조용조용 물러난다.

지금도 마루. 마루도 참 어지간하고 집도 참 어지간하다. 지은 지 백 년이 넘도록 자세를 흐트리지 않는다. 오로지 한 방향만 본다. 내가 앉아도 오로지 한 방향만 보인다. 오로지 한 방향, 당신!

단풍 나무 고래 등 에는

람이 산다. 2020. HYUN영

피는 꽃이 지는 꽃을 보는 마음
지는 꽃이 피는 꽃을 보는 마음

"

꽃은 생각해서 피고 생각해서 진다
이 세상에 아무렇게나 피는 꽃 없고
이 세상에 아무렇게나 지는 꽃 없다
"

어느 꽃도 어느 잎도

아무렇게나 피는 것처럼 보이는 꽃도
꽃이 필 때는 생각하고 생각해서 피고
아무렇게나 피는 것처럼 보이는 잎도
잎이 필 때는 생각하고 생각해서 핀다
무엇을 보일지 생각하면서 피고
어떻게 보일지 생각하면서 핀다
어느 꽃도 아무렇게 피는 꽃이 없고
어느 잎도 아무렇게 피는 잎이 없다

아무렇게나 지는 것처럼 보이는 꽃도
꽃이 질 때는 생각하고 생각해서 지고
아무렇게나 지는 것처럼 보이는 잎도
잎이 질 때는 생각하고 생각해서 진다
무엇을 보였는지 생각하면서 지고
어떻게 보였는지 생각하면서 진다
어느 꽃도 아무렇게 지는 꽃이 없고
어느 잎도 아무렇게 지는 잎이 없다

피는 꽃은 피고 지는 꽃은 지는 초여름 마당. 피는 꽃도 내가 아는 꽃이고 지는 꽃도 내가 아는 꽃이다. 피는 꽃을 보며 기뻐하려니 지는 꽃에 눈치가 보이고 지는 꽃에 슬퍼하려니 피는 꽃에 눈치가 보인다.

꽃은 어떨까. 마당에서 함께 자란 지가 짧게는 수삼 년, 길게는 이십여 년. 마당에서 피고 지는 꽃을 내가 다 알듯이 저들도 서로서로 안다. 피는 꽃이 지는 꽃을 보는 마음과 지는 꽃이 피는 꽃을 보는 마음, 그 마음은 어떨까.

꽃은 들여다보는 것조차 조심스럽다. 애가 쓰인다. 피는 꽃을 먼저 보려니 지는 꽃이 걸리고 지는 꽃을 먼저 보려니 피는 꽃이 걸린다. 그래도 내가 해 줄 수 있는 건 가까이 가는 일, 가까이 가서 한 번이라도 더 들여다보는 일이다.

피는 꽃이나 지는 꽃이나 들여다보는 마음은 같다. 생각하고 생각해서 피는 꽃, 생각하고 생각해서 지는 꽃. 피는 꽃을 보는 마음과 지는 꽃을 들여다보는 마음이 다르지 않은 이유다. 이래저래 피는 꽃을 보는 마음도, 지는 꽃을 보는 마음도 애가 쓰인다.

꽃은 생각하고 생각해서 피고 진다. 아무렇게나 피는 것 같아도 아무렇게나 피는 꽃은 이 세상 어디에도 없다. 속절없이 지는 것 같아도 속절없이 지는 꽃은 이 세상 어디에도 없다. 이 세상 어디에도 아무렇게나 피고 속절없이 지는 꽃은 없다.

꽃에 다가간다. 다가가 꽃 빛과 눈빛을 맞춘다. 순하고 선한 꽃 빛이다. 당신과 맞추던 눈빛을 닮았다. 더 다가간다. 눈빛을 맞추고서 더욱 가까워진 당신처럼 더욱 가까워진 꽃이 피고 지는 초여름 마당이다.

앞산을 넘어 저수지를 건너

"

앞산을 넘어 저수지를 건너 비가 온다
마을 맨 끝 내 집을 맨 뒤에 찾아와서
마당 감잎을 두드리고 창문을 두드린다

"

비는 느리게

비는 참 느리게 옵니다 아침에 온다던 비가 오후 느지막이 되어서야
옵니다 오지 않으려나 낙담해서 창문을 닫을 즈음에 우체부 늘상 다
니는 길로 꼬불꼬불 옵니다 대문마다 두드리면서 집마다 들여다보면
서 옵니다 끝집이라고 맨 나중에 옵니다

비는 어디에서 어떻게 오는가. 하늘에서 떨어지는가, 앞산 저쪽에서 다가오는가. 사람은 감정이 있어 이때 다르고 저 때 다르다. 비도 그렇다. 감정이 있어 이때 다르고 저 때 다르다. 어떤 날은 하늘에서 떨어지고 어떤 날은 앞산 저쪽에서 다가온다.

오늘은 비가 다가온다. 한 시간 거리에서 30분 거리로, 10분 거리로 점점 가까워지는 객지 손님처럼 앞산을 넘어 저수지를 건너 점점 다가온다. 손님은 전화로 가까워지는 걸 알린다면 비는 물기 가득 품은 물바람으로 알린다.

비는 얄밉다. 잘 오는가 싶으면 꾸물대고 다 왔다 싶은데 통 기척이 없다. 오는 길에 사고라도 났나, 먼 길 오느라 지쳤나. 일은 손에 잡히지 않고 마음은 콩밭에 가 있다. 창밖을 자꾸자꾸 내다보고 담장 너머를 자꾸자꾸 기웃댄다.

엇길로 샜나. 길을 잘못 들었나. 올 때가 한참 지났는데도 오지 않는 손님을 기다리는 것처럼 애가 쓰인다. 온다고 했으니 오기는 올 텐데, 틀림없이 올 텐데…. 나도 엔간한 축에 들지만 비는 참 천하태평이다. 천하에 저런 태평이 없다.

드디어 비가 보인다. 앞산을 넘어 저수지를 건너 비가 온다. 처음 오는 손님이 그렇듯 내 집이 어딘지 몰라 골목골목 싸리문을 두드리고 마을 이장 집을 두드린다. 내 집은 마을 맨 끝. 맨 뒤에 와서는 마당 감잎을 두드리고 창문을 두드린다.

산골에선 비가 손님이다. 손님도 반갑고 비도 반갑다. 온다는 연락이 오면 그때부터 날짜를 꼽는다. 하루하루가 여삼추다. 어떤 때는 일분일초가 여삼추다. 당신이 오겠다고 한 그날부터 하루하루가 여삼추고 일분일초가 여삼추이듯.

안 그래도 이고 진 게 많은 나무에
새집까지

"

새집을 매단 데는 마당 한가운데 감나무
한여름 강풍, 한겨울 삭풍이 여기서 꺾여
새는 얼마나 불안했을까, 얼마나 떨었을까

"

편법

감나무 가지가 갈라지는 언저리에
사람이 만든 새집을 매달아 두었는데요
새가 들었다간 나가고 들었다간 나갑니다
사람의 냄새가 새의 예민한 후각을 건드려
알 낳고 새끼 키우기가 께름칙한가 봅니다
그런 것도 모르고
사각 반듯하게 모양을 내고
머리 내미는 구멍까지 내었습니다
새의 처지에서 보면 왜 저러나 싶겠지요
감나무도 죽을 맛이겠지요
안 그래도 이고 진 게 많은데
사람이 매단 새집은 나무를 더 무겁게 했겠지요
새집 구멍도 기가 차는지
동그라질 대로 동그라져서는
새집 쳐다보는 사람을 빤히 쳐다봅니다

하마 올까, 하마 올까. 밥을 먹다가도 내다보고 마루에서 자다가도 내다본다. 엊그제도 그랬고 늦은 아침을 차린 지금도 그런다. 매정한 것, 무정한 것, 독한 것. 말은 그렇게 해도 내 마음 역시 편치 않다. 내가 무얼 잘못했을까. 내가 무얼 잘못했을까.

좋을 때는 참 좋았다. 내 보기도 좋았고 남 보기도 좋았다. 보는 사람마다 "저것 봐라! 저것 봐라!" 한마디씩 거들었다. 그 소리 듣는 즉시 쳐다봐도 볼 때보다 보지 못할 때가 더 많았다. 금방 날아가 버려서다. 그래도 마음은 든든했다. 또 오려니 했다.

또 내다본다. 밥 먹다가 내다보고 마루에서 자다가도 내다본다. 매정한 것, 무정한 것, 독한 것. 따지고 보면 순전히 내 잘못이다. 이왕 매다는 것, 좀 높다랗게 매달든지 멀찍이 떨어진 나무에 매달든지 했으면 좋았을 텐데 그러지 않은 내 잘못이 크다.

순전히 내 잘못이다. 내가 좋자고 매달았지 새가 좋자고 매달지 않았다. 나에게 잘 보이는 자리에 매달았지 새가 안심하고 지낼 자리에 매달지 않았다. 말만 새집이었지 새를 위한 집이 아니라 사람을 위한 집이었다. 어느 순간 새는 떠나가고 빈집만 남았다.

새집을 매단 데는 마당 한가운데 감나무. 한여름 강풍이 여기서 꺾이고 한겨울 삭풍이 여기서 꺾인다. 딴에는 바람이 불어대는 반대편에 새집을 매달았지만 새는 얼마나 불안했을까. 얼마나 떨었을까.

새는 얼마나 불안했을까. 얼마나 떨었을까. 매정하고 무정하고 독한 건 어느 순간 떠나간 새가 아니라 그렇게 만든 나였다. 그렇긴 해도 또 내다본다. 언젠가는 보이리라. 당신도 그랬으니. 내다보고 내다보면 마침내 보이던 당신.

젊은 날 설레던 당신처럼
내 가슴 꾹꾹 눌러주길

"

깜깜한 노래가 있고 더 깜깜한 노래가 있어
튀며 헛돌며 먼지 뽀얀 한 생애를 살았을
동시대 모든 이십 대여! 모든 삼십 대여!
"

송창식

잡음 많았던 이십 대와 삼십 대 그 길을 닳아 뭉툭한 바늘이 따라가네 따라가다 보면 한순간 막다른 길이네 늘 그랬네 튀며 헛돌며 따라다 닌 한 세월에 먼지가 뽀야네 뒤를 봐도 앞을 봐도 휘어져 막막하던 이 십 대와 삼십 대 그 길을 닳아서 뭉툭한 바늘이 따라가네 튀며 헛돌며 잡음 많던 한 세월 울리며 가네 바늘을 얹는다. 전주와 약간의 잡음. 전등을 끄고 마루에 눕는다. 앰프와 턴테이블 가녀린 불빛이 반경을 서서히 넓히고 볼륨을 낮춘 노래가 서서히 귀에 들어온다. 그동안 나는 쓸데없이 밝았고 쓸데없이 높았다.

노래에 빠져든다. 오래된 판, 오래된 노래. 한 소절 한 소절, 오래된 내가 있다. 그 시절 고민이 거기 있고 그 시절 순수가 거기 있다. 그때는 세상 전부라고 여겼던 그것들. 그런 고민, 그런 순수가 있었기에 오늘 내가 여기 있다.

'창밖의 여자. 단발머리.' 신기하다. 대부분 삼사십 년 저쪽 판인데도 기억이 생생하다. 1980년 하루는 큰형과 부산 남포동 고갈비 골목 가는 길거리에서 가슴 후벼파는 노래를 들었다. 세상에 이런 노래가 있나 싶었다. 그래서 산 게 조용필 '단발머리' 이 판이다.

마루에 누워 바깥을 본다. 보이는 건 두 가지. 깜깜한 것과 더 깜깜한 것. 깜깜한 밤하늘, 더 깜깜한 산 능선. 깜깜해도 차이가 나니 하늘이 뚜렷하고 산이 뚜렷하고 하늘과 산의 경계가 뚜렷하다. 깜깜해도 뚜렷하게 보이는 저것들.

노래도 그렇다. 깜깜한 노래가 있고 더 깜깜한 노래가 있다. 아무것도 안 보이던 때 듣던 노래가 있고 아무것도 안 보려던 때 듣던 노래가 있다. 나만 그랬을까. 튀며 헛돌며 먼지 뽀얀 한 생애를 살았을 동시대 모든 이십 대여! 모든 삼십 대여!

판을 뒤집는다. 바늘을 조심조심 얹으면서 익히 아는 노래라도 소망한다. 잡음이 너무 나지 않기를. 감성이 아직은 살아있어 한 곡 한 곡 내 가슴 꾹꾹 눌러주기를. 내 젊은 날 설레던 당신처럼.

"길을

HyuN

어느 잎도 자기만 내세우지 않고
어느 잎도 자기만 앞에 두지 않아

"

한두 잎쯤은 뻗대기도 하련만
어느 잎도 자기만 내세우지 않고
어느 잎도 자기만 앞에 두지 않아
"

빗물

높은 잎에서 낮은 잎까지
비를 바로 맞는 잎이 있고
다른 잎을 거쳐서 맞는 잎이 있다
바깥 잎에서 안쪽 잎까지
비를 먼저 맞는 잎이 있고
다른 잎에 가려서 나중에야 맞는 잎이 있다
보이는 잎만큼이나 보이지 않는 잎도 많아
저 많고 많은 잎
다 어떻게 비 맞을까 싶어도
위는 위대로 아래는 아래대로
바깥은 바깥대로 안쪽은 안쪽대로
잎의 끝을 세우지 않고 늘어뜨려
비를 맞는 족족 아래로 내려보낸다
많고 많은 잎을 거쳐서
마침내 바닥에 닿는 빗물
바닥에서도 더 낮은 바닥을 찾아
먼 쪽으로도 물길을 내면서 가고
가까운 쪽으로도 물길을 내면서 간다

비가 잦은 이즈음. 마루에서 보내는 시간이 쏠쏠하다. 비를 보고 빗소리를 듣기에 마루만큼 좋은 곳이 또 있을까. 등 기대고 앉아서 마루 바깥을 내다보고 누워서 산 능선과 하늘을 쳐다본다. 그러면서 비에서 나는 서늘한 기운을 받아들이고 비에서 나는 서늘한 소리를 받아들인다.

비는 다양하다. 마당으로 바로 떨어지는 비가 있고 마당 감나무 이파리를 거치거나 지붕을 거쳐서 떨어지는 비가 있다. 바로 떨어지는 비는 소리가 비장하게 들리고 거쳐서 떨어지는 비는 온화하게 들린다. 비장하게 들리는 소리도 온화하게 들리는 소리도 구절구절 깊다.

비가 다양한 만큼이나 이파리도 다양하다. 높은 잎, 낮은 잎. 바깥 잎, 안쪽 잎. 보이는 잎, 보이지 않는 잎. 저토록 다양한데도 어느 잎도 나선다거나 주눅든다는 느낌을 주지 않는다. 어느 잎이든 그냥 잎일 뿐, 그 이상도 그 이하도 아니다. 이파리가 가진 미덕이다.

이파리는 한잎 한잎 빗소리만큼이나 속이 깊다. 한잎 한잎 그렇고 그런 처지지만, 한잎 한잎 거기서 거기지만 자기가 젖는 만큼이나 다른 잎도 젖게 한다. 먼저 젖고 나중 젖는 차이는 있을

망정 어느 잎도 혼자 젖는 잎이 없고 어느 잎도
안 젖는 잎이 없다.

감나무 이파리는 하나같이 아래로 처져 있다.
잎이 난 자리는 다 다를지언정 어느 잎도 그 끝
을 치솟지 않는다. 한 잎쯤은 두 잎쯤은 뻗대기
도 하련만 어느 잎도 자기만 내세우지 않고 어
느 잎도 자기만 앞에 두지 않는다.

마당에 골이 생긴다. 이파리를 거쳐서 떨어진
빗물이 흙마당에 골을 내고 그 골을 따라서 순
순히 흘러간다. 속 깊은 이파리를 거친 빗물이
아래로 더 아래로 흘러간다. 속이 깊어서 혼자
젖지 않고 다른 잎도 젖게 하던 당신. 당신만큼
이나 속이 깊어진 빗물이 낮은 곳으로 낮은 곳
으로 흘러간다.

"다이얼이 잘못됐으니 다시 걸어 주세요"

"

송수화기 오래 들고 있으면 들리는 그 소리

산골 살며 목소리 갈증을 그렇게 풀었고

벙어리가 될 것 같은 불안을 그렇게 털어

"

지구는 둥글까

지구는 둥글어서

그 끝이 없다고들 하지만

끝에서 추락하는 일이 없다고들 하지만

꼭 그런 것 같지는 않다

어느 날 갑자기 소식 끊긴 사람들

소식을 끊고 사는 사람들

어쩌면 이 지구에

내가 모르는 막다른 곳이 있어서

천 길 절벽 아래로 떠밀린 것이 아닐까

아니면 그 반대로

막다른 곳에서 내가 떠밀려

그들과 소식 끊긴 것은 아닐까

꿈에서 둥근 지구본 굴리다가

꿈을 깨면서 잠까지 깨어

기분 뒤숭숭한 새벽

내년이면 산골 산 지 삼십 년째. 산골에서 일어나는 일이라면 모르는 게 없다. 도사가 다 됐다. 고추 모종은 감나무 새순이 날 무렵 심는다는 것도 알고 모기는 4월 15일쯤 나타나서 11월 15일쯤 사라진다는 것도 안다.

처음 삼사 년은 어리숙했다. 낫질이 어리숙했고 아궁이 불붙이는 게 어리숙했다. 마당은 잡풀이 무성했고 아궁이는 냉골이기 일쑤였다. 옆집 염소가 들락거리며 잡풀을 뜯어먹었고 아궁이는 고양이가 제 집처럼 들락거렸다.

그런 건 아무것도 아니었다. 감내하기 힘든 건 단절이었다. 휴대폰은 아직 나오지 않았고 KT 서비스는 지금처럼 '엄지 척'이지 않던 시절이었다. 도시에서 산골로 이사 오면서 전화번호가 바뀌는 바람에 본의 아니게 지인들과 소식이 뚝 끊겼다.

처음 일이 주일은 전화 한 통 오지 않았다. 광고 전화조차 없었다. 마을 토박이와는 서먹한 사이라 집에서만 지냈다. 통화도 없이 대화도 없이 한 일주일 지내보면 누구든 절감하리라. 사람 목소리가 아무것도 아닌 것 같아도 아무것도 아닌 게 절대로 아니란 것을.

"다이얼이 잘못됐으니 다시 걸어 주세요." 딴에는 묘안이었다. 전화 안내음을 듣고 또 들었다. 송수화기를 오래 들고 있으면 들리는 그 소리. 목소리 갈증을 그렇게 풀었고 벙어리가 될 것 같은 불안을 그렇게 털었다.

불안하기는 지금도 마찬가지다. 소식 끊고 지내는 지인 생각에 불안하고 내가 중심에서 밀려났다는 생각에 불안하다. 그래도 그때보다는 덜 불안하다. 받아들일 건 받아들이는 나이가 돼서 그런가 보다. 모처럼 휴대폰 벨이 울린다. 반가운 마음에 얼른 집어 든다. 당신이다. 높고 귀한.

꽃 피는 기쁨
꽃 지는 아픔

"

꽃 피는 기쁨이 없는 대신에
꽃 지는 아픔도 모르고 살게
내 안에 무화과 한 그루 키워

"

무화과 한 그루

가을이 가까워오는 모양입니다.

무화과가 익어 갑니다.

익어서 속이 터지려고 합니다.

갈라지는 껍질 사이로 벌건 속살이 엿보입니다.

참새 같은 새들이 무화과 잎사귀를 헤집고 다니며 점찍어 둡니다.

까치가 감나무 높다란 가지에 앉아 그런 새들을 쏘아봅니다.

저는 무화과를 들여다볼 적이면 참 안됐다는 생각을 합니다.

꽃을 피우지 못해서입니다.

꽃을 피우지 못하는 마음은 오죽 답답할까요.

무화과인들 남들처럼 꽃 피우고 싶지 않겠습니까.

무화과가 속이 터지려고 하는 건 마음이 하도 답답해서는 아닌지 모르겠습니다.

하지만 부럽기도 합니다.

꽃 피우는 기쁨이 없는 대신에 꽃 지는 아픔 역시 모르고 사니까요.

길어 봤자 열흘 피울 꽃 다 지고 난 뒤 그 오랜 날들을 견뎌내야 하는 심정을 모르고 살아도 되니까요.

저도 그럴 수 있다면 무화과처럼 꽃 피고 지는 중간과정을 훌쩍 건너뛰면 좋겠습니다.

꽃 피는 기쁨이 없는 대신에 꽃 지는 아픔도 모르고 살게 내 안에 무화과 한 그루 키우면 좋겠습니다.

새는 용하다. 어른 손바닥보다 넓적한 이파리가 가려도 용케 찾아낸다. 찾아내는 것도 용하지만 잘 익어서 벌어진 놈만 골라서 찾아낸다. 약간은 얄밉다. 누가 먹어도 먹는 거니 먹는 것 같고 눈 흘기진 않지만 먹어도 꼭 서너 입이다.

자리를 또 옮긴다. 서너 입 먹다간 내버려 두고 옆 무화과에 주둥이를 들이댄다. 그러니 잘 익은 무화과치고 온전한 놈이 드물다. 벌어진 틈새로 주둥이 밀어넣고 휘저은 바람에 모양은 일그러지고 속은 드러나서 벌 나비가 꾄다.

새는 역시 용하다. 눈치가 빠르다. 내가 다가가면 뿔이 난 줄 어찌 알고 멀찍이 자리를 비켜 준다. 멀리 달아나진 않고 무화과 옆 감나무 높다란 가지에 죽치고선 내 동정을 살핀다. 안 보는 척하면서 자기 무화과에 손이라도 대는지 힐끔힐끔 다 살핀다.

마음이 급해진다. 새가 더 입 대기 전에 따두려는 마음이다. 하지만 손은 엉뚱한 데로 간다. 온전한 무화과에 가지 않고 일그러진 놈한테 먼저 간다. 저걸 누가 먹으려고 할까. 남에게 내놓지 못할 놈, 내가 먹자며 보이는 무화과마다 손을 내민다.

나도 문제는 문제다. 이왕이면 온전한 놈을 먼저 따두면 좋으련만 그게 안 된다. 온전한 놈은 더 익도록 놔두자는 심산이고 놔뒀다가 손님이 오면 드리자는 심산이다. 새는 눈치는 빨라도 속은 영 밴댕이다. 그런 내 마음을 눈곱만큼도 알아주지 않는다.

무화과 있는 곳은 별채 바로 앞. 창문 열고 손 내밀면 닿을 듯 가깝다. 별채 방에서 지켜보는지 모르는 새는 연신 까불댄다. 서너 입 대다간 쪼르륵 옮기고 서너 입 대다간 쪼르륵 옮긴다. 아무리 그래도 당신 주려고 남긴 무화과는 찾지 못하리라. 이파리보다 넓적한 내 마음이 이리 가리고 저리 가린 온전한 무화과 하나.

천리만리 천만리 무궁한 꽃길,
그 길을 따라 당신은 오시라

"

만 리를 간다는 꽃내가 나를 감싼다
숨을 참을 만큼 참은 내 안에
천리만리 천만리 무궁한 꽃길이 난다

"

금목서

어디서 나는 향기인지 모를 때는
곁에 두고도 그냥 지나치더니
어디서 나는 향기인지 알고서는
일부러 다가가 숨을 들이쉰다
만 리를 간다는 만리향 향기가
숨을 참을 만큼 참은 내 안에
천리만리 천만리 무궁한 길을 낸다
향기는 만 리를 가고도
처음과 끝이 다르지 않아
변치 않겠단 약속을 해야 할 일이
내 생애 또다시 생긴다면
너를 앞에 두고 해야 할 것 같다
숨을 참을 만큼 참은 내 안에
처음과 끝이 다르지 않은 향기가
천리만리 천만리 무궁한 길을 내며
꽃봉오리 터뜨릴 듯 부풀어오른다

가을이다. 마당을 내다본다. 피거나 피려고 하는 꽃들. 저 꽃이 없다면 이 가을은 얼마나 스산할 것이며 얼마나 허전할 것인가. 연이어 들이닥친 모진 태풍을 견디고서 피는 꽃이기에 눈이 더 가고 마음이 더 간다.

꽃은 꽃이되 봄꽃과 가을꽃은 완연히 다르다. 봄꽃이 가볍다면 가을꽃은 무겁다. 봄꽃이 마음 바깥을 바라보고 하늘거린다면 가을꽃은 마음 안쪽으로 스며들어 가라앉는다. 그래서 봄꽃은 보는 사람을 바깥으로 나돌게 하고 가을꽃은 자기 안을 들여다보게 한다.

가을에는 꽃을 방으로 들이곤 한다. 어떤 때는 국화를 들이고 어떤 때는 억새꽃을 들인다. 방에 들이기 마땅찮은 꽃은 가까이 가서 꽃잎을 들여다보거나 꽃내를 들이마신다. 오래오래 인고한 꽃잎이고 꽃내이기에 더욱 곱고 더욱 진하다.

숨을 멈춘다. 일 초 또 일 초. 참을 만큼 참다가 내 안에서 가득 부풀어오른 숨을 내지르고 새 공기를 한가득 들이쉰다. 꽃내를 진하게 들이마시려는 내 나름의 방식이다. 한겨울 견디고 피는 봄꽃도 그러거늘 오래오래 인고한 가을꽃임에랴.

봄꽃이 화사하다면 가을꽃은 장중하다. 이제
막 사랑에 빠진 이의 사랑의 언약이 봄꽃과 어
울린다면 오래오래 사랑한 이의 언약은 가을꽃
과 어울린다. 곧 겨울이고 곧 황혼인 이 가을날.
가을꽃을 가운데 두고 마주서 보시라. 오래오래
사랑한 당신과 당신.

마당에 나가 나무 아래 선다. 만 리를 간다는
꽃내가 나를 감싼다. 숨을 참을 만큼 참은 내 안
에 천리만리 천만리 무궁한 꽃길이 난다. 그 길
을 따라 당신은 오시라. 숨을 아까보다 더 참는
다. 더 참아서 꽃길은 더 길고 꽃내는 더 진하다.
더 길고 더 진한 이 길을 따라서 당신은 오시라.

오르고   ㅁ

오르면 . . . .   HyuN

나무와 잎,
그리고 당신과 나

"

나무를 본다 나무에 붙어서 흔들리는 잎의 자리에서 보고

나무에서 멀찍이 떨어져서 구르는 낙엽의 자리에서도 봐

어느 자리에서 보느냐에 따라 나무는 다 다르게 보여

"

낙엽

나무에 있을 때는 그냥 잎이던 것이
나무와 거리를 두면서 낙엽이 된다
낙엽이 된다는 것은
나무에서 점점 멀어지는 것
가까이 지내던 것과 거리를 두는 것
잎은 나무에서 점점 멀어지면서
나무에 있을 때는
온전히 보지 못하던 나무를 본다
흔들리는 게 다가 아니라
날리거나 구르기도 하며
잎의 일생은
마침내 마지막에 이른다
가까이 지내던 것에서 거리를 두며
마침내 제가 갈 길의 끝에 이른다
나무와 거리를 둔 낙엽이
날리기도 하며 구르기도 하며
처음에서 점점 멀어져 간다

바람은 냉정하다. 매정하다. 온정이라곤 통 없다. 이제 막 떨어지는 잎까지 멀찌감치 날려 보낸다. 봄부터 같이 지낸 날이 얼만데, 같이 지내면서 속에 담아둔 말이 얼만데 나무와 잎에게 작별의 말을 나눌 틈조차 주지 않는다.

매정하긴 낙엽도 마찬가지다. 뒤도 돌아보지 않고 멀어진다. 있던 자리에서 시시각각 멀어지고 하루하루 멀어진다. 바람이 불면 바람이 불어서 그런다고나 하지만 바람이 불지 않는데도 나무에서 떨어지고 나무에서 멀어진다.

바람과 낙엽. 그러나 누구도 바람을 매정하다 그러지 않고 낙엽을 매정하다 그러지 않는다. 바람이 있기에 나무는 잎을 내려놓고 비로소 안식에 들며 낙엽이 있기에 나무는 새봄 새순 틔울 자리를 비로소 얻는다.

나무를 본다. 나무에 붙어서 흔들리는 잎의 자리에서 나무를 보고 나무에서 멀찍이 떨어져서 구르는 낙엽의 자리에서 나무를 본다. 어느 자리에서 보든 그 나무가 그 나무지만 어느 자리에서 보느냐에 따라 나무는 다 다르게 보인다.

잎은 어쩌다 나무에서 멀어졌을까. 바람이 불

어서 멀어졌을까, 멀어질 때가 되어서 멀어졌을
까. 대개는 그렇겠지만 그게 다는 아닐 것이다.
바람이 불지 않아도 잎은 지고 멀어질 때가 아닌
한여름에도 잎은 나무에서 멀어진다.

　나무와 잎. 나무에게 잎은 뭐였을까. 잎에게
나무는 뭐였을까. 뭐였기에 나무는 제 몸을 열
어 잎에게 한평생 지낼 자리를 내어주고 뭐였
기에 잎은 제 몸을 끊어 나무에게 새봄 새순을
틔울 자리를 내어주는가. 나무와 잎. 그리고 당
신과 나.

모양도 같고 빛깔도 같은 꽃이
저마다 가장 멀리 가장 높이

"
어느 가지도 다른 가지를 밀어대지 않고
어느 가지도 다른 가지를 가로막지 않아
그러면서 저마다 가장 높고 가장 멀리 가
"

나뭇가지

뿌리도 한 뿌리고 나무도 한 나무인데
비슷은 해도 짝이 맞는 거라곤 없다
아무 가지라도 겹쳐 놓으면
하나가 길거나 짧고 가늘거나 굵다
가지에 가지를 한 번만 친 가지가 있고
친 가지에 다시 가지를 친 가지가 있다
신기한 건 가지끼리는 열에 아홉 맞닥뜨리지 않는다
나뭇가지가 한 가지도 아니고 두 가지도 아닌데
맞닥뜨리기 전에 알아서 비켜 주는지
이 가지는 이리 비켜 주고 저 가지는 저리 비켜 주는지
가지를 밀어대는 가지가 없고
가지를 막아대는 가지가 없다
더 신기한 건 가지마다 제 속을 챙긴다
가능한 한 나무에서 멀리 나무에서 높이
가지 끝마디를 두고 그 위에 가지를 친다
가장 멀리 친 가지 가장 높이 친 가지가
나무의 크기라는 걸 알기라도 하는지
가지마다 빈 곳을 이리저리 파고들고
막히면 가보지 않은 쪽으로 파고든다
비슷하게는 생겨도 맞는 짝이라곤 없는 가지가
신기하게도 하나가 꽃 피면 하나같이 꽃 핀다
속은 다 같은지 모양도 같고 빛깔도 같은 꽃이
저마다 가장 멀리 가장 높이 핀다

나뭇가지는 제철이 언제일까. 다른 말로, 나뭇가지는 사계절 가운데 언제 가장 돋보일까. 물이 막 오르는 봄도 좋겠고 사람으로 치면 청년인 여름도 좋겠고 지나간 날을 돌아보고 다가올 날을 내다보는 가을도 좋겠다.

한겨울로 접어드는 지금. 마루에 우두커니 앉아 마당 감나무를 들여다보노라면 겨울도 나쁘지 않겠단 생각이 든다. 나쁘지 않겠단 정도가 아니라 나뭇가지 입장에선 도리어 겨울을 가장 선호하지 않을까 하는 생각이 든다.

겨울 나뭇가지는 우선은 홀가분해서 좋다. 이파리 모두 제 갈 길 간 뒤 홀로 된 가지는 보기에 따라서 비장하기도 하고 안쓰럽기도 하지만 우선은 무겁게 보이지 않아 좋다. 봄부터 가을까지 어느 한 철 무겁지 않은 적이 없던 나뭇가지에 겨울은 어쩌면 축복일까.

있는 그대로 보여서도 좋다. 봄부터 가을까지 나뭇가지는 늘 가려져 있다. 이파리에 가려져 있고 나무의 높이와 굵기에 가려져 있다. 누구라도 그렇다. 이파리를 보며 나무를 이야기하고 나무의 높이와 굵기를 보며 나무를 이야기하지 누구라도 나뭇가지를 보며 나무를 이야기

하지 않는다.

한겨울로 접어드는 지금. 나뭇가지가 비로소 보인다. 나뭇가지는 현자賢者다. 어느 가지도 다른 가지를 밀어대지 않고 어느 가지도 다른 가지를 가로막지 않는다. 그러면서 각자의 길을 간다. 자기가 갈 수 있는 한도 안에서 가장 높고 가장 멀리 간다.

나뭇가지는 고결하다. 그리고 고고하다. 고결하고 고고해서 곁눈질하지 않는다. 저마다 주어진 길을 가려 하고 저마다 각자의 길을 가려 한다. 그래서 천 가지가 넘든 만 가지가 넘든 같은 가지가 하나도 없다. 무엇이 달라도 다르다. 다른 사람과 다른 당신의 그 무엇. 나뭇가지 가느다란 그림자에 당신의 그 무엇이 어른거린다.

언제나 잠시고
언제나 아득한

"

숨을 고르며 걸어온 길을 보고 걸어갈 길을 본다
걸어온 길은 언제나 잠시고 걸어갈 길은 언제나 아득하다
당신과 함께하는 길 역시 언제나 잠시고 언제나 아득하다
"

면사무소 가는 길

면사무소에 볼일이 생겨 한 시간 남짓 거리를 고개 넘어 걸어서 갑니다.

산과 산 사이에 난 고갯길은 호젓해서 좋습니다.

면사무소에 다다르도록 지나가는 차가 없을 때도 흔합니다.

나는 뒤로 걷기도 하고 옆으로 걷기도 합니다.

뒤뚱거리는 까투리를 좇아가기도 합니다.

산과 논을 낀 개울에서 웅성거리던 물소리가 인기척에 놀라 개울 아래로 달아납니다.

오르막길이 끝나고 드디어 내리막입니다.

내려가기에 앞서 걸어온 길을 되돌아봅니다.

등짝에 땀이 배도록 걸었는데도 내가 걸어온 길은 고작 손바닥 두 어 뼘 길이에 불과합니다.

내가 살아온 길을 손바닥으로 재어 봐도 별반 다르지 않겠지요.

내리막길을 걸어갑니다.

걷기는 수월하지만 내가 밟고 선 고갯마루를 버려야 비로소 시작되는 길입니다.

이제는 좀 알 듯합니다.

내가 살아온 길 또한 면사무소 가는 길과 같아서 등짝에 땀이 배도 록 걸었어도 두어 뼘밖에는 안 된다는 걸.

그리고 등짝에 땀이 배도록 걸어서 올라간 꼭대기를 때가 되면 미 련 없이 버리고 가야 한다는 걸.

"일흔여섯, 일흔일곱, 일흔여덟." 이번에는 일흔 후반이다. 백 걸음 넘는 데도 있지만 대개는 일흔 중반 이쪽저쪽이다. 끝이 까마득한 오르막길. 되기도 되고 심심하기도 심심해 길가에 연이어 놓인 전봇대와 전봇대 사이가 몇 걸음이나 되는지 헤아리며 걷는다.

그것도 싫증이 나면 뒤로 걷는다. 걸어갈 길을 보며 걷는 대신 걸어온 길을 보며 걷는다. 여태 걸어온 길이 보인다. 좁고 구불구불하다. 처음 시작한 길은 모퉁이를 돌고 돌면서 보이지도 않는다. 걸어온 길을 보는 건 걸어갈 길을 보는 것만큼이나 되다.

중간중간 소리가 보조를 맞춘다. 그러다간 멀어진다. 새소리가 왼발, 오른발 보조를 맞추다가 서른다섯 걸음쯤에서 멀어지고 물소리가 보조를 맞추다가 마흔여섯 걸음쯤에서 멀어진다. 야속한 것들.

그나마 낙엽은 의리가 있다. 걸음걸음 함께한다. 이 길은 벚꽃길. 전봇대와 전봇대 사이 나무가 열에 아홉이 벚나무다. 꽃철이면 꽃과 함께 걷고 낙엽 철이면 낙엽과 함께 걷는다. 꽃과 낙엽 사이 여름이 있고 가을이 있고, 그리고 내가 있다.

오르막 끝나는 곳에 하늘이 보인다. 길과 하늘이 맞닿은 고갯마루 저곳은 큰재. 이 주변에선 가장 높고 가장 깊은 고개다. 오르막과 내리막이 여기서 갈라지고 빗물이 여기서 갈라진다. 고개 저쪽에 내리는 비는 고성 바다로 바로 가고 이쪽에 내리는 비는 진주 남강으로 간다.

큰재에 들어선다. 백두대간 낙남정맥 구간이라서 산꾼이 매단 리본이 여기저기 나무에 보인다. 잠시 멈추어 땀을 식힌다. 숨을 고르며 걸어온 길을 보고 걸어갈 길을 본다. 걸어온 길은 언제나 잠시고 걸어갈 길은 언제나 아득하다. 당신과 함께하는 길도 그렇다. 언제나 잠시고 언제나 아득하다.

저 억새는 언제부터 저기 있었을까

"
억새 닮은 새도 종잡지 못해
이리 날다간 저리 날고
그러다가 일시에 종적 감춰
"

평생

추수가 끝난 벌판을 억새가 에워싼다 가까이서 멀리서 북서풍이 불고
사람의 평생도 그러리라 제 키만큼 후들거리며 허허벌판에 서는 것 빈
벌판을 들쑤시는 장탄식 악착스레 엿들으며 애간장이 녹아내리는 것
비장한 석양을 배경으로 평생은 늘 그러리라 일제히 소멸하는 철새 떼
같은 것 소멸하기 직전의 고단한 행렬 같은 것

저 억새는 언제부터 저기 있었을까. 들판이 벼로 가득할 때는 보이지 않던 억새였다. 벼로 가득할 때는 자신을 드러내지 않던 억새가 떠나간 그 무엇을 따라가기라도 할 듯 바람 부는 방향으로 가녀린 몸을 내민다.

저 억새는 언제부터 저기 있었을까. 겨울이라곤 해도 햇볕은 여전히 따가운 낮 동안은 눈에 들지 않던 억새였다. 하필이면 얼마 남지 않은 해를 붙들고 자신을 드러내는 억새. 곧 한겨울, 얼마 남지 않은 한 생애를 드러낸다.

바람은 온 벌판을 들쑤신다. 산으로 가로막힌 산골이라서 빠져나가는 방향을 잃었는지 지나갔다간 되돌아온다. 벌판을 빙빙 돌면서 억새를 이리 눕혔다간 저리 눕히고 저리 눕혔다간 이리 눕힌다.

억새를 닮아 새는 부리가 길다. 억새가 종잡지 못하는 만큼 새도 종잡지 못한다. 이리 날아오다간 저리 날아가고 저리 날아가다간 이리 날아온다. 그러다 일시에 종적을 감춘다. 일시에 종적을 감추는 바람처럼.

일시에 종적을 감추는 것들. 해가 그렇고 새

가 그렇고 바람이 그렇고 길게 보면 억새도 그렇다. 사람인들 다를까. 소식이 끊길 때는 몰랐다가도 돌아보면 어느 날 갑자기 소식이 끊긴 사람들. 나라고 해서 그다지 다를까.

 어둡기 직전. 억새 줄기는 반은 빛이고 반은 그 반대다. 빛과 그 반대를 동시에 품은 이때가 억새는 가장 선명하다. 보이기도 잘 보이고 눈도 저절로 간다. 보이기도 잘 보이고 눈도 저절로 가는 당신 같다.

Let the sky resound, and everything
and all

t. the world.
o live in it.

hyuN

다 다른 고드름

"

손에 쥐면 일 분을 버티지 못하고 손바닥 얼얼해

손 내밀지 말아야 할 자리에 손 내밀곤 했던 나를

뾰족한 끝으로 매몰차게 몰아세우는 산골의 고드름

"

고드름

미안합니다 저에 대한 사랑을 이용만 하고 살았습니다 그 사랑 뾰족해져 저를 마구 찌릅니다 이제부터라도 착한 사람이 되겠습니다 얼어서 뾰족해진 사랑을 부디 녹여 가며 살겠습니다 떨어지는 물방울 이 악물고 받아내며 차가운 낮밤을 젖어 떨겠습니다 한겨울 내내 저런다. 아무리 한겨울이라도 사나흘 연달아 따스한 날도 있건만 고드름은 단 하루도 녹아서 없어지는 날 없이 널따란 암벽에 달려 있다. 아침부터 저녁까지 햇볕이라곤 들지 않는 응달에 암벽이 있어서 한겨울 내내 고드름이 언다.

암벽이 있는 자리는 둑길 끝. 둑길 끝나고 윗마을과 아랫마을이 갈라지는 지점이다. 암벽 틈으로 물이 새는지 곳곳에 고드름이 주렁주렁 달렸다. 주렁주렁 달렸어도 같은 고드름은 하나도 없다.

고드름은 다 다르다. 끝은 뾰족해도 어떤 고드름은 조금 더 뾰족하고 어떤 고드름은 조금 덜 뾰족하다. 물로만 된 고드름이 있고 낙엽 부스러기 섞인 고드름이 있다. 낙락장송 고드름이 있고 옹기종기 오누이 고드름이 있다.

겨울 한 철 고드름은 별미다. 보는 맛이 야무지고 만지는 맛이 야무지다. 지나가는 차는 더러 있어도 지나가는 사람은 드문 산골의 둑길. 보는 맛도 내가 다 차지하고 만지는 맛도 내가 다 차지한다.

보는 맛에 빠지면 속이 얼얼하다. 들여다보노라면 고드름은 그 뾰족한 끝으로 나를 콕콕 찌른다. 만지는 맛도 마찬가지다. 손에 쥐면 일 분을 버티지 못하고 손바닥이 얼얼하다. 손 내밀지 말아야 할 자리에 손 내밀곤 했던 나를 매몰차게 몰아세운다.

이왕 이리된 것, 고드름에 다시 손을 내민다. 어떤 고드름은 발꿈치를 세워도 손이 닿지 않는다. 그런 고드름일수록 눈이 더 간다. 발꿈치 세워도 손닿지 않는 당신 같다. 손닿지 않아서 더 눈이 가는 당신.

수시로 빠지거나 굴러떨어지는
사람의 갈지자 마음

"

산 너머 해가 지면서 가까이 있는 건 불그스름하다
산 너머 넘어가려는 갈지자 마음도 불그스름하다
어딘가에서 걸음을 멈추었을 당신, 당신도 불그스름한가
"

날갯짓

아무도 없는 저수지 둑길을
양팔 벌려서 위아래로 흔들며 걷는다
새들도 처음에는 이렇게
양 날개 파닥이며 날려고 했으리라
잘 안 쓰던 근육을 쓰는 거라서
양팔을 위아래로 흔드는 게
생각보다 쉽지는 않다
스무 번 서른 번을 근근이 채우더니
나중에는 팔을 들 힘조차 빠진다
마음 같아서는
오십 번도 채우고 백 번도 채우고 싶지만
근육이 뭉쳐 팔이 축 늘어진다
하늘을 나는 새들은
도대체 날개를 얼마나 파닥이고서야
근육이 뭉치는 고통을 이겨 내는가
저수지 둑길 열 배가 훨씬 넘는 거리를 파닥이고서도
날개가 축 늘어지지 않는가
아무렇지 않게 둑길을 넘어가서는
아무렇지 않게 넘어오는
고수의 저 날갯짓

걷는 사람은 나뿐. 보는 사람이 아무도 없으니 내키는 대로 걷는다. 뒤로도 걷고 양팔 벌려 위아래 흔들면서도 걷는다. 그러다가 차가 보이면 얌전하게 걷는다. 차라고 해 봤자 한 시간에 서넛 정도, 길 하나를 통으로 쓰니 호사도 이런 호사가 없다.

길은 둑길. 둑길 이쪽은 저수지고 저쪽은 논이다. 둑길 양쪽에 가드레일이 있어 지나가는 차가 저수지로 빠지거나 논으로 굴러떨어질 염려는 덜하다. 문제는 차보다 사람. 사람의 마음은 갈지자라서 가드레일을 수시로 넘어가 빠지거나 굴러떨어진다.

둑길은 길쭉하다. 끝에서 끝까지는 대중가요 한 곡 거리. 가요가 좀 짧으면 길이 끝나기 전에 노래가 끝나고 좀 길면 노래가 끝나기 전에 길이 끝난다. 스마트폰 유튜브로 대중가요 서른 곡이나 마흔 곡은 들어야 걸었다는 느낌이 든다.

호사를 지나치게 부린 모양이다. 보는 사람 없다고 팔을 지나치게 흔들어 댔는지 다리보다 팔이 먼저 늘어진다. 팔뚝을 만지면 근육이 그새 단단해진 것 같아 은근히 흡족은 하지만 평소 안 쓰던 근육이라서 팔뚝 안쪽도 뭉치고 바깥쪽도 뭉친다.

새는 왜 저럴까. 부리를 날카롭게 세워서 둑길 위로 날아왔다가 날아간다. 사람은 아예 없고 차도 아예 없는 편인 둑길을 나 혼자서 통으로 쓰는 게 고까워서 용심을 내는지도 모르겠다. 이 너른 둑길을 혼자서 쓰는 나도 욕심 많고 그렇다고 용심을 내는 새도 욕심 많다.

다리도 쉬고 팔도 쉴 겸 잠시 멈춘다. 산 너머로 해가 진다. 해 가까이 있는 건 불그스름하다. 구름도 불그스름하고 산 능선도 불그스름하고 산 너머 넘어가려는 갈지자 마음도 불그스름하다. 어딘가에서 걸음을 멈추었을 당신, 당신도 불그스름한가.

반짝반짝 얼음
반짝반짝 얼음구멍

"

내 진정을 몰라주니 야속한 청둥오리

어쩌랴, 내가 걸으면서 내는 소리와

저들이 걸으면서 내는 소리가 다른 것을

"

언 저수지

지금 보는 게
어는 건지 녹는 건지
나면서부터 나부꼈을 나뭇잎
얼음과 얼음 사이 끼어
혹은
얼음과 물 사이 끼어
그대로 있거나
떠밀려 가거나

물에서 얼은 얼음과
얼음에서 녹은 물이
같은 건지 다른 건지
그 경계는 어딘지
하루가 가고 또 하루가 가면서
늘어나거나
줄어들거나

저수지 얼음이 녹는다. 한겨울 꽁꽁 얼었던 저수지다. 수심이 깊은 가운데서 먼저 녹더니 이제는 저수지 둘레만 얼어 있다. 남은 얼음마저 긴장이 풀렸는지 딴딴하다는 느낌은 주지 않는다.

물과 얼음은 경계가 모호하다. 물인가 싶으면 얼음이고 얼음인가 싶으면 물이다. 물은 얼음에 스며들고 얼음은 물에 스며들어 둘은 하나가 된다. 이이일二而一이다. 둘이 하나가 되는 바람에 얼음인 줄 알고 발을 내디뎠다간 낭패 보기 십상이다.

아직은 한겨울. 아직은 제철인 얼음은 호락호락 물러설 눈치가 아니다. 영하로 내려간 간밤 내내 판을 키운다. 빙판을 야금야금 늘린다. 일어나면 마루에 나가 얼음이 간밤 얼마나 용을 썼는지 저수지를 내려다본다.

빙판이 얼마나 늘어났는지는 청둥오리가 알려준다. 물과 얼음의 경계인 얼음 끄트머리는 청둥오리 쉼터다. 새까만 청둥오리 열댓이 줄을 지어 쉬는 데를 보고서 얼음이 얼마나 얼었는지 알아챈다.

청둥오리는 약다. 지나치게 조심스럽다. 스마트폰 사진에 담으려고 다가가면 일제히 달아난다. 내 진정을 몰라주니 야속은 하지만 어쩌랴, 내가 걸으면서 내는 소리와 저들이 걸으면서 내는 소리가 다른 것을.

청둥오리가 앉았던 빙판을 본다. 얼음은 간밤 용을 쓰긴 썼지만 힘에 부쳤던 모양이다. 빙판 여기저기 얼음구멍이 숭숭 나 있다. 아침 햇살은 마음이 곱다. 얼음도 반짝반짝 비추고 구멍도 반짝반짝 비춘다. 어디서라도 반짝이는 마음 고운 당신 같다.

나무는 구부러져 자라고
새는 구부러져서야 내려와

"

아침저녁 다르고 사시사철 다른 풍광
버리고 달아나고 싶은 심사 잡아줘
그러면서 하루하루 산골사람 되어 가
"

등이 구부러지다

마루에 앉아 산길을 보네 산으로 올라가는 길과 산에서 내려오는 길이
중간중간 만나 구부러지네 나무는 구부러져 자라네 나는 새는 구부러
져서야 내려오네 마루에 앉아 나도 닮아가네 등이 구부러지네

우두커니. 산골생활 20년을 적은 산문집 제목이다. 2012년 펴냈으니 산골생활은 그 20년 전인 1992년부터 했다. 그때 내 나이 서른 초반. 도시에서 나고 자란 사람에게 산골의 하루하루는 매사 어설펐고 매사 어리숙했다.

아침에도 그랬고 저녁에도 그랬다. 낫질이 어설퍼 마당엔 잡풀이 웃자랐고 장작에 불붙이는 게 어리숙해 방은 냉골이었다. 매사 그랬다. 버릴 수 있으면 버리고 싶었고 달아날 수 있으면 달아나고 싶었다.

나를 붙잡은 건 경치였다. 버리고 싶고 달아나고 싶은 심사를 산골 풍광이 다독여 주었고 붙잡아 주었다. 풍광은 아침과 저녁이 달랐고 봄과 여름, 가을과 겨울이 달랐다. 그러기에 하루하루 넘길 수 있었고 한 해 한 해 넘길 수 있었다. 경치에 싫증을 낸 날은 어느 하루도 없었다.

"집은 허름해도 풍광은 경남 최곱니다." 산골 지내기가 어떠냐고 누가 물어오면 풍광을 들먹였다. 말은 경남 최고라고 했어도 내심 천하제일이었다. 진정성 없어 보일까 봐 낮추었지만 이 세상 어디에도 이런 풍광은 없지 싶었다.

마루는 최고의 전망대였다. 산 아래 첫 집이라서 마루에 우두커니 앉으면 마을이 내려다보였다. 저수지 너머가 다 보였고 저수지 이쪽 저쪽을 감싸는 산이 다 보였고 저수지와 산 사이로 간신히 이어지는 길이 다 보였다. 마루에서 보내는 시간이 길어지면서 하루하루 산골 사람이 되어 갔다.

요즘도 하루의 많은 시간을 마루에서 보낸다. 글도 대개는 마루에서 쓰고 손님이 오면 대개는 마루에 상을 차린다. 글을 쓰면서 틈틈이 풍광을 보며 손님에게는 풍광이 환히 보이는 자리를 내어 준다. 당신이 와도 그러리라. 가장 환한 당신. 가장 환한 자리에 당신을 앉히리라.

아름다운

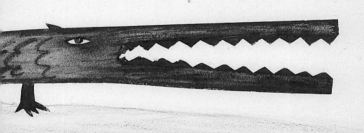

HyuN

동백은
떨어져서도 동백

"

꽃 폈다고 동백 가까이 간 적은 거의 없어
나를 동백 가까이 가도록 한 건 떨어진 꽃
마음 벌겋게 젖어서 자세히 보려 가까이 가

"

최고의 말

나무에 달린 꽃보다
나무 아래 떨어진 꽃에
눈이 더 갈 때가 있다
달린 꽃을 따 담는 대신
나무 아래 꽃을 주워
꽃이 한 생명 다하도록
심중에 묻어둔 말
나무에게 들려주고 싶을 때가 있다
나도 언젠가는 나무에서 떨어질 꽃
당신이 나무라면
꽃 진 자리 거기
꽃 져서 하루가 다르게 불거지는 거기
들리는가
한 생명 다하도록
심중에 묻어둔 말
꽃이 나무에게 할 수 있는
최고의 말

동백은 떨어져서도 동백이다. 동백 떨어진 자리가 벌겋다. 한군데 모을까 하다가 관둔다. 꽃이 떨어진 자리는 나무와 가장 가까운 자리. 아무리 좋은 마음이라도 손대는 순간 나무에서 멀어진다.

동백은 동백이다. 나무에 있을 때나 나무에서 떨어졌을 때나 흐트러지지 않는다. 꽃잎이 몇이든 그대로 가져가고 암술이든 수술이든 그대로 가져간다. 동백은 나무에 있을 때도 온전하고 떨어져서도 온전하다.

동백은 동백만이 동백이다. 아무도 매화를 동백이라 그러지 않고 아무도 장미를 동백이라 그러지 않는다. 동백은 왜 동백인가. 달린 꽃만 보이지 않고 떨어진 꽃까지 보여서 동백이다. 그래서 동백은 나눠서 봐야 한다. 달린 꽃과 떨어진 꽃.

달린 꽃과 떨어진 꽃. 보통은 그렇다. 달린 꽃이 먼저고 떨어진 꽃은 다음이다. 동백은 그 반대다. 떨어진 꽃이 먼저고 달린 꽃이 다음이

다. 보는 것은 눈높이 달린 꽃이 먼저일지라도 사람을 다가가게 하는 것은 맨 아래 떨어진 꽃이다.

　나는 그렇다. 꽃 폈다고 동백 가까이 간 적은 거의 없다. 동백 가까이 가도록 한 건 거의가 떨어진 꽃. 떨어진 꽃을 자세히 보려 가까이 갔고 마음이 벌겋게 젖어서 가까이 갔다. 동백은 그렇다. 떨어진 꽃이 아니고서야 어찌 동백이랴.

　동백에 다가간다. 떨어진 꽃을 줍는다. 미안한 마음도 든다. 나무에 달렸을 때 한 번 더 볼걸. 나무에 달렸을 때 이렇게 다가갈걸. 동백은 떨어져서도 동백. 여전히 고고하고 여전히 곱다. 나이 들어서도 여전히 고고하고 여전히 고운 당신. 당신이 동백이다.

이 꽃이 저 꽃 같고
저 꽃이 이 꽃 같아도

"

어제 본 당신과 그제 본 당신이 다르고
눈으로 보는 당신과 마음으로 보는 당신이 다르다
그러면서 당신은 당신이다 당신만이 당신이다

"

개나리

뒷감당 어찌하라고 불시에 들이닥칩니까 겨우 잊고 사는데 무슨 심
사로 들추어냅니까 뛰는 가슴 쓸어내릴 새도 없이 꽃을 거두어 떠나
가고 나면 연정을 키운 미련한 가지만 남아서 서로 붙들고 하소연하
게 합니까 잊고 지낸 수백 날 헛되게 합니까

개나리는 애달프다. 꽃 피는 철이 하필이면 겨울과 맞물린 초봄이다. 나오자 말자 얼기 일쑤고 움츠러들기 일쑤다. 개나리가 피는 곳은 마당 입구. 나가면서 '호-' 불어주고 들어오면서 '호-' 불어주지만 마음만 아프다.

개나리가 슬슬 꽃 피는 지금. 마음은 조마조마하다. 저러다 얼면 어쩌나. 펴기도 전에 움츠러들면 어쩌나. 그런 마음을 아는지 개나리는 속도를 조절한다. 어떤 날은 입을 '아-' 벌린 것 같고 어떤 날은 앙다문 것 같다.

개나리도 알고 나도 안다. 언젠가는 앙다문 날보다 '아-' 벌린 날이 늘어난다는 걸. 어느 날 아침 앙다물 수 없을 정도로 벌어져 있다는 걸. 개나리가 벌린 꽃잎을 다물지 못하게 되면 나도 그리된다. 벌린 입을 다물지 못한다.

잎이 나기 전 꽃부터 피우는 개나리. 잘은 모르겠다. 꽃이 먼저 나는 게 좋은지 잎이 먼저 나는 게 좋은지. 아니면 꽃과 잎이 같이 나는 게 좋은지. 이유는 분명 있지 싶다. 영하의 날씨에 꽃부터 피우는 것도 결기라면 결기다.

 꽃을 들여다본다. 영하의 날씨에 꽃 피우는 개나리의 결기를 들여다본다. 꽃은 가벼워도 결기는 가볍지 않다. 강단도 있다. 이 꽃이 저 꽃 같고 저 꽃이 이 꽃 같아도 자세히 보면 같은 꽃은 하나도 없다. 저마다 자기를 내세운다. 다 다르다. 그러면서 다 같다.

 사랑하는 사람아. 당신도 그렇다. 어제 본 당신과 그제 본 당신이 다르고 눈으로 보는 당신과 마음으로 보는 당신이 다르다. 그러면서 당신은 당신이다. 당신만이 당신이다. 개나리가 다 달라도 다 같듯 다 달라도 오직 당신만이 당신인 당신. 오며 가며 당신을 '호-' 분다.

"What is essential to the eyes" HYUN

꼭꼭 숨기고서
살짝살짝 꺼내는 꽃길

"

사람이 뭐라 그러지 않으려나
나무가 뭐라 그러지 않으려나
나무는 뭐라고 그럴 수 있겠다

"

큰재 벚나무

큰재 여기는
유흥리 화리재 어실마을 갈라지는 고갯마루

갈라지는 어디든 갈 수 있으리
작심하고 뿌리를 박아버린 나무
꽃잎이 그 마음을 알아
유흥리 쪽으로도 날려 가고
화리재 어실마을 쪽으로도 날려 간다

나무에 매듭을 묶은 꽃잎은
속에 암술수술 꽃불 놓은 소원등
고갯마루 쉬어가는 마을사람 두엇
양손을 모아 절하고 또 절한다

도시 살다가 들어온 새댁 소원은
분명 연분홍이리
귀 쫑그려 듣고 나면
말랑한 귓불이 다 발개지리
큰재 계곡이 선뜻 가랑이 벌리는
실한 남근석 점지해 주리

하나뿐인 아들 군에 보낸 옆집 대산댁 소원은
분명 물기 촉촉하리
아침저녁 날려 보낸 생꽃잎
어서 제대하라고 노모가 연거푸 달아 주는 계급장인 양
아들 군모며 어깨에 한 잎 또 한 잎 내려앉으리

보아라
바람 불어도 꺼지지 않는 소원등 매달고
대낮에도 둘레가 환한 나무
한 생애 가장 궁금한 눈빛
그 눈빛으로 보아라
해마다 돌아오는 꽃잎의 매듭
소원을 다 들은 나무가 마음이 흔들려
봄날 한 날 또는 며칠
꽃잎은 미련 없이 매듭을 풀어 날리고

굽이굽이 오르막길 쉬었다 가는 고갯마루
가는 길 두 갈래 세 갈래 갈라져도
꽃잎이 날리면
갈라지는 어디든 갈 수 있기에
나무가 작심하고 뿌리를 박아버린
여기는 큰재
가장 높은 고갯마루

좀 망설여진다. 이걸 얘기해야 하나. 배겨낼 재간은 없다. 감추는 것도 한 해나 두 해지 해마다 어찌 감추고 지내랴. 참는 것도 정도가 있지 말하고 싶어서 근질대는 입을 내 어찌 앙다물고 지내랴.

그래, 밝히자. 밝힌다고 해서 누가 뭐라 하랴. 사람이 그러랴, 나무가 그러랴. 나무는 모르겠다, 뭐라고 할는지. 뭐라고 할 수도 있겠다. 자기한테 물어보지도 않고 그걸 까발렸다고.

어쩌나. 한 해 더 감출까. 밝히는 걸 내년 이맘때로 미룰까. 한 해 한 해 미루다가 후딱후딱 지나간 십 년 이십 년. 한 해 더 미룬다고 해서 어찌될 것도 없기는 없다. 어쩌나. 한 해 더 미룰까.

그래도 그렇다. 이러다 또 십 년이 후딱후딱 지나가고 이십 년이 후딱후딱 지나가면 어쩌나. 사람이 뭐라 그러지 않으려나, 나무가 뭐라 그러지 않으려나. 나무는 뭐라고 그럴 수 있겠다. 그걸 왜 아직 감췄냐고.

까짓것 밝히자. 누가 뭐라고 하든 밝히고서 고갯길 넘듯 넘어가자. 지금 넘는 이 고개는 큰재. 이름이 크니 속이 깊다. 한 걸음 한 걸음 내디디면서 하는 말, 깊은 속에 파묻어 두리. 누구한테도 까발리지 않으리.

그래도 망설여진다. 뭐라고 하나. 어디서부터 밝히나. 에라, 모르겠다. 이것저것 따지지 말고 그냥 까발리자. 지금 걷는 이 고갯길이 꼭꼭 숨은 벚꽃길이란 걸. 꼭꼭 숨기고서 당신과 걸을 때만 살짝살짝 꺼내는 가장 높은 꽃길이란 걸.

꽃보다 꽃

"

다 다른 꽃이 다 다르게 피는 산골의 마당

다 다른 찬 푸짐하게 차린 잔칫상처럼

산골은 지금 잔치 잔치 꽃 잔치

"

한쪽

손가락 사이에 두고 꽃잎을 문지른다
어떤 꽃잎은 두껍고
어떤 꽃잎은 얇다
두껍고 얇은 게
꽃잎 탓은 아니지만
마음은 아무래도 한쪽으로 기운다

어떤 꽃잎은 피고
어떤 꽃잎은 진다
피고 지는 게
꽃잎 탓은 아니지만
마음은 아무래도 한쪽으로 기운다

그냥 지나치면 그거로 그만일
이 한쪽

꽃은 다 다르다. 같은 나무에서 난 꽃이라도 그렇다. 높이가 다 다르고 바라보는 곳이 다 다르다. 숙인 꽃이 있고 꼿꼿한 꽃이 있다. 덜 핀 꽃이 있고 더 핀 꽃이 있다. 피고 지는 것도 다 다르다. 어떤 꽃은 피고 어떤 꽃은 진다.

피는 꽃도 다 다르고 지는 꽃도 다 다르다. 막 피는 꽃이 있고 다 핀 꽃이 있으며 막 지는 꽃이 있고 다 진 꽃이 있다. 피는 꽃에 눈길이 가는 만큼이나 지는 꽃에 눈길이 간다. 지는 꽃에 눈길을 준 만큼이나 피는 꽃에 다시 눈길을 준다.

이 세상 모든 꽃은 다 다르다. 같은 나무에서 난 꽃도 그렇거늘 다른 나무에서 난 꽃은 오죽하겠는가. 나무마다 다 다른 꽃이 다 다르게 피는 산골의 마당. 다 다른 찬 푸짐하게 차린 잔칫상처럼 산골은 지금 잔치 잔치 꽃 잔치다.

꽃은 저마다 향을 낸다. 진하고 연하고 차이는 있을지라도 향이 나지 않는 꽃은 없다. 그래서 이 꽃을 보면 이 꽃에 다가가고 저 꽃을 보면 저 꽃에 다가간다. 다가가고 또

다가가느라 산골은 하루가 다 간다.

　딱히 말은 못 하겠다. 어느 나무가 향이 좋다고. 나무마다 꽃이 다르듯 향마다 깊이가 다르다. 진한 향도 연한 향도 저마다 품격이 있고 줏대가 있다. 꽃은 밖에 드러나는 무엇이 있어서 꽃이고 속에 품은 무엇이 있어서 꽃이다.

　사람도 그렇다. 진하고 연하고 차이는 있어도 향이 나지 않는 사람은 없다. 저마다 밖에 드러나는 무엇이 있고 속에 품은 무엇이 있다. 가까이 두고 싶은 꽃이 있듯 가까이 가고 싶은 당신. 당신의 밖과 속, 거기 있는 그 무엇을 무어라 부르랴. 꽃보다 꽃이라 부르랴.

도란도란 이파리

"

이 잎은 이쪽 모퉁이에서 지나온 이야기
저 잎은 저쪽 모퉁이에서 지나온 이야기
가만히 들어보면 모두 우리 이야기 같아

"

초록에서 초록으로

나뭇잎이 초록에서 시작해
한 생애를 다 보내고
다시 초록으로 돌아오듯
각자에게 주어진 모퉁이를 돌아서
나무라면 이제 막 잎을 내보이는 나무
잎이라면 움츠렸다 이제 막 펴는 잎
그렇게 다시 초록으로 돌아온
당신아
나무 같고
나무에서 난 순한 잎 같은 당신아
당신은 저쪽 모퉁이에서 돌아서 나오고
나는 이쪽 모퉁이에서 돌아서 나오기까지
길고 더디고 막막했던 길
그 길은 이제 끝나고
초록에서 시작해 다시 초록으로 돌아오듯
나무라면 가장 가까이 두는 나무
잎이라면 가장 가까이서 보는 잎
그런 나무 같은 당신아
그런 잎 같은 당신아

마당 감잎이 하루하루 진해진다. 아직은 연초록이지만 하루 안 보면 하루 안 본 만큼 진해지고 사나흘 안 보면 사나흘 안 본 만큼 진해진다. 제 안에 품은 겨울이 길수록 잎은 하루하루 다르다.

잎은 두 가지다. 사철 푸른 잎과 매년 새로 나는 잎. 봄이 깊을수록 잎은 파릇하지만 그렇다고 똑같지는 않다. 매년 새로 나는 잎은 사철 푸른 잎보다 대체로 파릇하다. 애정을 갖고 들여다보면 그게 보인다.

사철 푸른 잎은 뭔가 무겁고 어둡다. 파릇하긴 하지만 푸르죽죽에 가깝다. 속내 비장한 결기 같은 것은 느껴져도 숨기는 게 있어 보이고 어딘지 모르게 상투적으로 보인다. 심지어는 의뭉스럽게 보이기까지 한다.

매년 새로 나는 잎은 보노라면 조마조마하다. 그러면서 대견하다. 자리를 못 잡아 두리번대는 게 앳돼 보이다가도 겨울을 견디고서 한 잎 한 잎 도란도란 나는 게 장하다. 보기에는 연하고 순하지만 모두가 그 안에 모진 겨울을 품었다.

사람의 생애는 나무의 생애를 닮았다. 나무는 나무의 겨울을 보내고서 다시 나고 사람은 사람의 겨울을 보내고서 다시 난다. 겨울 없는 나무 없고 겨울 없는 사람 없다. 겨울이 있기에 나무는 더 딴딴해지고 겨울이 있기에 사람은 더 딴딴해진다.

감나무에 다가간다. 도란도란 감잎이 도란도란 들려주는 이야기. 이 잎은 이쪽 모퉁이에서 자기가 지나온 길을 이야기하고 저 잎은 저쪽 모퉁이에서 자기가 지나온 길을 이야기한다. 가만히 들어보면 모두가 우리 이야기 같다. 이쪽 모퉁이에서 돌아서 나온 나와 저쪽 모퉁이에서 돌아서 나온 당신의.

이파리가 꽃을 놓아주듯이
햇빛이 이파리에서 물러나듯이

"

표정이 밝다고 그 마음마저 밝을까
꽃을 놓아주고서도 여전히 아래를 본다
몸은 가벼워져도 마음은 무거운 것이다

"

아카시아

꽃이 진 아카시아 이파리를 만진다
꽃을 놓아주고 가벼워진 이파리를 만진다
이파리를 비추던 햇빛이 물러난다
이파리는 햇빛을 붙들지 않고
햇빛은 머문 흔적을 남기지 않는다
숲을 감싸는 고요가
그냥 얻어지는 것이 아니라
이파리가 꽃을 놓아주듯이
햇빛이 이파리에서 물러나듯이
놓아주고 물러나면서 얻어진다는 사실을
한때는 꽃이던 당신에게 말하고 싶다
꽃에 맺힌 이슬이던 당신에게 말하고 싶다
이파리에 비하면 꽃은 얼마나 짧은가
햇빛에 비하면 이슬은 얼마나 짧은가
당신은 푸른 고요 속에 어른거리고
나는 꽃이 진 아카시아 이파리를 만지고 있다
꽃을 다 놓아주고 가벼워진 이파리를
놓아주지 못하고 있다

올해는 꽃을 보지 못했다. 꽃이 피는 시기와 집을 비운 시기가 겹쳤다. 꽃을 모두 놓아준 나무는 시무룩하다. 나무의 마음을 읽었는지 매일같이 들락대던 꿀벌들은 통 찾아들지 않는다.

아카시아는 꽃이 소박하다. 겸손하다고 해야 하나. 어느 꽃도 위로 피지 않는다. 꽃이 아래로 피니 꿀벌도 아래로 모여든다. 향기를 맡으려고 해도 아래서 들이켜야 한다. 꽃이 겸손하니 벌도 겸손해지고 향기 맡는 이도 겸손해진다.

이파리는 표정이 홀가분하다. 꽃이 아래로 피니 따라서 아래로 핀 이파리들. 아래로 줄줄이 핀 꽃을 매달고서 축 늘어졌던 이파리는 본래의 표정을 되찾았다. 가벼워져서 파릇하고 푸릇한.

속마음은 어떨까. 표정이 밝다고 그 마음마저 밝을까. 꽃을 놓아주고서도 이파리는 여전히 아래를 본다. 몸은 가벼워져도 마음은 여전히 무거워서 그러리라. 꽃과 함께한 날을 기억하며 두고두고 처져 지낸다.

새는 방정맞다. 눈치도 없이 여기서 쫑알대고 저기서 쫑알댄다. 그러다가 한순간 뚝 그친다. 숲은 고요하다. 숲이 푸르니 고요도 푸르다. 푸른 고요에 둘러싸여 묵언에 든 바위. 바람이 바위를 흔들랴. 무거운 분위기에 익숙하지 않은 새는 다시 쫑알댄다.

이파리에 손을 댄다. 그렇게 느껴서 그렇겠지만 따스하다. 아래로 처진 이파리는 마음을 비운 성자. 이슬을 이내 내보내고 햇빛을 이내 내보낸다. 생각하는 것만으로도 따스해지는 당신. 당신의 비운 마음 그 안에 나를 앉힌다.

He makes me lie down in green pastures, he leads

me beside quiet waters, he restores my soul. He guides me along the right paths

**Hanging Up
Is Hard
to Do**

2006 kyung Eun

for his name's sake. Even though I walk the

꽃이 꽃을 깨물어서
꽃이 지다

"

꽃은 대체로 결연하다 다소곳하게
보여도 속에는 비수를 품었다
그래서 때가 되면 스스로 내려놓는다
"

꽃이 깨물다

꽃이 꽃을 깨물어서
꽃이 진다
꽃을 한 잎 한 잎 깨무는 꽃은
꽃이 한 잎 한 잎 지고
꽃을 한꺼번에 깨무는 꽃은
꽃이 한꺼번에 진다
자기를 깨물어서 지는 꽃
사람이 그러랴
내가 그러랴
지는 꽃이
꽃 위에 앉는다
꽃이 꽃을 깨물어서
꽃은
지고 나서도 꽃이다

감꽃이 떨어진다. 마당에도 떨어지고 마당 평상에도 떨어진다. 크기가 손톱만 한 감꽃은 조용조용 떨어지지만 그 진동은 내 손끝까지 전해진다. 손끝이 파르르 떨리고 손끝과 닿은 마음 끝이 파르르 떨린다.

감꽃 떨어지는 모습은 가능하면 안 보는 게 좋다. 나무와 결별하며 떨어지는 감꽃을 보노라면 누군들 마음이 편할까. 내려놓지 못한 게 나는 여전히 많다. 든든한 무엇을 붙들고 있어야 비로소 마음이 놓인다.

감꽃도 그럴 것이다. 저 어리고 여린 꽃에게 120년 마당 감나무는 든든한 뒷배경이었으리라. 내려놓아야 하나, 붙들어야 하나. 고민도 적잖이 했으리라. 감꽃이 밤낮 흔들린 게 어찌 바람 때문만이었으랴.

꽃은 대체로 결연하다. 다소곳하게 보여도 속에는 비수를 품었다. 그래서 때가 되면 스스로 내려놓는다. 나무는 왜 아니 붙잡았겠는가. 나무가 아무리 붙잡아도 꽃은 때가 되면 기어이 제 갈 길을 간다.

얼마나 아플까. 꽃이 나무에서 결별하는

그 순간. 꽃이 그걸 모를까. 나무가 그걸 모를까. 결별의 순간은 오고야 말기에 아무리 아파도 받아들인다. 고통을 감내한 다음에야 꽃도 나무도 훗날을 기약한다.

 마당이 감꽃으로 수북하다. 저 어리고 여린 게 강단은 얼마나 센지 시들기도 전에 제 한 몸 고스란히 내던졌다. 한 몸 고스란히 내던져 한 생애를 살아온 당신. 당신을 마음에 올리듯 감꽃을 손바닥에 올린다.

이 비를 보며 한 잔
저 비를 보며 한 잔

"

비는 대쪽이다 제가 갈 길만 간다
인간이라면 정나미 뚝 떨어질 위인
그런데도 오는 비 하염없이 바라봐

"

비는 느리게

비는 내리다가
비끼리 부딪치는 일은 없을까
가늘거나 적게 내릴 때는 그렇다 쳐도
소리가 들리도록 세찬 비는
비끼리 부딪치며 내리지도 싶은데
본다고 봐도
부딪치며 내리는 비는 없다
어쩌다 중심을 놓치거나
처음과 달리 마음이 흔들려서
부딪쳐 가며
지켜야 할 선을 넘어가며
가장 낮은 곳에 이르는 비
내 눈에는 도통 보이지 않는다
그 어느 비도 망설이지 않고서
자기가 내려야 할 자리 닿는다
중심을 놓치기도 하련만
마음이 흔들리기도 하련만
내 모습 같은 비
본다고 봐도
도통 보이지 않는다

비는 변덕이 심하다. 한꺼번에 몰려왔다간 한꺼번에 몰려간다. 저런 걸 무어라고 해야 하나. 변덕이라고 해야 하나, 맺고 끊는 게 확실하다고 해야 하나. 무엇이든 기분이 좋지는 않다. 저는 저대로 기분 내고 가버리고 나면 남은 나는 무어란 말인가.

비를 영 내치지는 못한다. 비의 성깔을 아는 까닭이다. 나는 비를 옹호한다. 옹호하고 응원한다. 비라도 있기에 우리 사는 세상은 이만큼이라도 곧다. 비마저 굴신해 굽어서 내린다면 그것을 바라보는 마음은 또 얼마나 굽을 것인가.

비는 올곧다. 대쪽이다. 제가 갈 길만 간다. 인간이라면 정나미 뚝 떨어질 위인이다. 그런데도 빗줄기 하나라도 놓칠세라 오는 비를 하염없이 바라본다. 아무리 정나미 떨어져도 내가 보는 건 비에게 숙명과도 같은 마지막 장면이다.

바닥에 닿기 직전의 비는 애처롭다. 어디도 받아주지 않는다. 마당 감나무 매끈한 이파리가 그렇고 감나무 너머 반들대는 돌담이 그렇다. 비는 이파리에 닿자마자 튕기고 돌담에 닿자마자 미끄러진다. 그리하여 비는 더 낮은 곳으로 스며든다.

마당이 흥건하다. 마루에 두고서 책상 겸용으로 쓰는 밥상은 비가 오면 술상이 된다. 감나무 이파리를 보며 한 잔, 돌담을 보며 한 잔, 마당을 보며 한 잔. 어느새 나도 비를 맞은 듯 흥건해진다.

비는 희한하다. 삶의 여정은 비정해도 그 끝은 비장하다. 가장 높은 데를 버리고서 가장 낮은 데로 스며드는 비. 그렇게 살 수 없는 나는 흥건해져선 비를 보고 또 본다. 보고 봐도 또 봐진다. 보고 봐도 또 봐지는 당신처럼.

빨간 양철지붕의 추억

"

물려받은 형 옷처럼 너덜거리던 지붕

저걸 어쩌나 저걸 어쩌나, 머리 아파

풋감 모조리 따든지 양철 새로 하든지

"

뒷짐

감나무 가지가 지붕을 넘어와
풋감이 지붕을 탕탕 치며 떨어진다
하루에도 대여섯 번 탕탕 쳐
자는 사람을 꿈쩍꿈쩍 놀라게 한다
가지의 길이가 뿌리의 길이
가지가 지붕을 넘으면 뿌리가 집을 파고든다
뿌리가 집을 파고들기 전에
파고들어 집을 번쩍 들기 전에
가지를 쳐 내지 그러나
집에 들른 마을 사람들 둘에 하나는
걱정의 가지를 치고
걱정의 뿌리를 친다
대답은 금방 하지만 행동은 느리다
나무에 올라가는 것 예삿일 아니고
감나무 가지는 약해 잘 부러진다는데
나무가 네 이놈! 나를 떨어뜨리면 어떡하나
풋감이 지붕을 탕탕 치고 마당에 떨어지듯
내가 지붕을 탕탕 치고 떨어지면 어떡하나
감나무에 올라가는 대신
뒷짐을 지고서 나무를 본다
사람에게는 팔이 가지
팔이 뻗어서 사람의 지붕 넘어가지 않도록
사람의 집을 파고들지 않도록
뒷짐을 진다

요즘은 좀 낫다. 시를 쓸 때만 해도 지붕이 양철이었다. 120년 마당 감나무는 노약해서 풋감이 수시로 지붕에 떨어졌다. 마당에 곧장 떨어지는 감이 곱절은 많았지만 소리는 지붕에 비할 바가 못 되었다.

깜짝깜짝 놀랐다. 간이 다 쪼그라들었다. 듣기만 해도 간이 쪼그라드는 판국에 직접 두들겨 맞는 지붕은 어떨까 싶었다. 저러다 양철이 다 쪼그라들까 걱정했다. 군데군데 녹슬어 안 그래도 쪼그라들던 참이었다.

지붕은 골칫덩어리였다. 생각만 해도 머리가 지근지근 아팠다. 형한테 물려받은 옷처럼 너덜거렸다. 저걸 어쩌나, 저걸 어쩌나. 풋감을 모조리 따든지 양철을 새로 입히든지 양단간에 끝장을 봐야했다.

엄두는 나지 않았다. 애기 감을

건드렸다간 120년 감나무 후환이 두려웠다. 밟고 선 나뭇가지를 부러뜨려 나를 내동댕이칠지도 몰랐다. 양철을 새로 입히는 일도 그랬다. 어설프게 손댔다간 배보다 배꼽이 크지 싶었다.

대안이 페인트 덧칠이었다. 양철을 입히는 대신 페인트를 새로 칠했다. 미봉책이지만 녹스는 속도를 늦춘다 했다. 그마저도 나 혼자라면 엄두를 내지 못했다. 잘못 밟으면 그대로 주저앉을 것 같은 지붕에 올라갈 용기가 차마 나지 않았다.

2인 합작이었다. 형님으로 부르라던 옆집 아저씨가 지붕에 올라가고 나는 밑에서 보조했다. 빨간색 양철 지붕은 산뜻했다. 당신이 그렇듯 저수지 건너편에서 봐도 눈에 확 들어왔다. 풋감도 어쩌지 못했다. 이미 떨어질 대로 떨어진 뒤이기는 했다.

오늘은 하루를 또 얼마나 물렁하게

"

내 크면 나그넷길을 가리라

정처 없는 나그네의 길

이 세상에 정처 없으리라

"

스와니 강물

남 다 자는 새벽
세계애창가곡을 유튜브로 듣다가
머나먼 저곳 스와니 강물
내 안에서 강물이 울컥 넘친다
중학교 땐가 처음 들은 이 노래
이 세상에 정처 없는 나그네의 길
내 크면 나그넷길을 가리라
이 세상에 정처 없으리라
교직에 있었으면 퇴직할 나이가 다 된 지금
기회가 없지는 않았으나
강물이 넘쳐 길은 막혔고
강을 건널 용기는 나지 않았다
남 다 자는 새벽
세계애창가곡을 유튜브로 듣다가
울컥
내 안에서 강물이 넘친다
머나먼 저곳 스와니 강물

무엇을 들을까. 노래를 들을까 연주를 들을까. 스마트폰 유튜브를 검색한다. 이거든 저거든 너무 가볍거나 너무 무겁지 않은 곡을 찾는다. 잠 막 깬 새벽. 방은 깜깜하다.

스마트폰 밝기는 최대한 낮춘다. 주위는 어두운데 혼자 환하면 눈에 부담을 준다. 세상 사는 일, 매사 그렇다. 유튜브는 기억력이 대단하다. 자주 듣는 곡을 기억했다가 화면에 띄운다.

잠이 덜 깼을까. 선곡이 까다롭다. 클래식은 무거워서 싫고 7080은 가벼워서 싫다. 빗소리는 잠 안 올 때나 듣는 거라서 그냥 넘기고 새소리는 도시 있을 때나 듣는 거라서 그냥 넘긴다.

방법을 바꾼다. 검색어를 입력한다. 검색어는 가곡. 한 시간 남짓 분량의 가곡 모음이 연이어 뜬다. 그런데도 선곡에 시간이 걸린다. 이건 이래서 꺼리고 저건 저래서 꺼린다. 잠이 덜 깨서가 아니라 내 변덕이 선곡을 까다롭게 한다.

마침내 마음을 정한다. 세계애창가곡! 중고교 음악시간 교재가 이 제목이었다. 역시나다. 첫 곡부터 중고교 아련한 추억을 건드린다. 오늘은 하루를 또 얼마나 물렁하게 보낼는지.

방은 아까보다 밝다. 창문 널따란 방이라서 바깥이 밝으면 함께 밝는다. 한지 바른 창문에 얼른대는 새벽빛. 방에서 나는 노랫소리 엿들으려 빛이 창가로 모여든다. 내가 들려주는 노래 들으려 귀를 모으는 당신처럼.

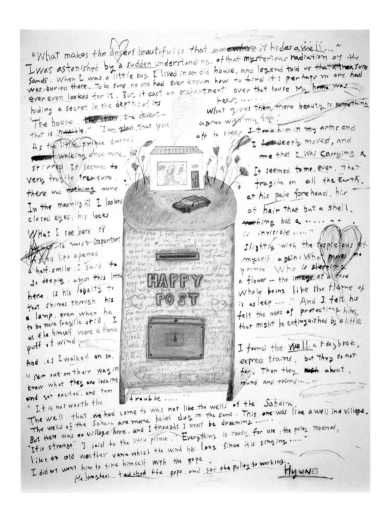

나는 언제쯤에나 나무에 올라가 보나

"

후배가 한 발 한 발 디딜 때마다
나무가 제 안에서 쑥쑥 내미는 계단
내가 오르려고 하면 쏙쏙 거둬들여

"

나뭇가지 한 가지

나 아직 한 번도 나무를 기어오르지 못했네
손바닥 발바닥을 나무에 붙이고
나무가 갈라지는 곳까지 올라가지 못했네
나무를 타기엔 내 몸 언제나 부쳤네
힘이 아니라 요령으로 오른다지만
팔힘 부쳐
다리힘 부쳐
나 아직 한 번도 나무를 타지 못했네
나무가 갈라지는 곳에 나를 올려놓지 못했네
기어오르다가 미끄러지는 게 겁나
올라갔다가 내려오는 게 겁나
한 번도 나무와 하나 되지 못했네
나무 잘 타는 사람을 보면
나무에 오를 만큼만 내 몸 가뿐했으면 싶네
나무가 갈라지는 곳에
나를 나뭇가지 한 가지로 올려놓고
한 팔 두 팔 생가지 쳐들었으면 싶네

누구든 그렇지 싶다. 가슴에 품은 일 몇. 하고 싶었으나 하지 못한 일 몇. 아예 하지 못해서 못 했든 다음으로 미뤄서 못 했든 가슴 깊숙한 곳에 묻어둔 몇.

그 정도는 아니더라도 누구든 그렇지 싶다. 언젠가는 했으면 하는 일 몇. 해도 그만이고 안 해도 그만이지만 이왕이면 했으면 하는 일 몇. 잊을 만하면 생각나는 일 몇.

나는 언제쯤 나무에 올라가 보나. 언제쯤 나무 갈라진 곳에 나를 세워 보나. 나무 타기는 언젠가는 했으면 하는 일. 초등학교 다닐 때 했던 생각이니 참 오래도 못 해본 일, 나무 타는 일.

옆 동네 후배는 나무 타기 달인이다. 계단 밟듯 나무를 밟고 올라간다. 후배가 한 발 한 발 디딜 때마다 나무는 제 안에서 계단을 쑥쑥 내민다. 그래 놓고는 내가 오르려고 하면 쏙쏙 거둬들인다. 얄궂다. 얄궂고 얄밉다.

내 탓일까. 계단은 그대로 있는데 내가 엉뚱한 데만 디딘 걸까. 그럴는지 모른다. 나무와 내가 한 몸이 되는 일인데 나무의 마음을 얻지 않고서 나무 안에 난 계단이 어찌 보이랴.

언제쯤에나 올라가 보나. 나무 갈라진 곳에 나를 세워 보나. 나무 타는 일은 나무의 마음을 얻는 일. 당신의 마음을 얻으려고 당신에게 다가가는 것만큼이나 손바닥에, 마음 바닥에 진땀나는 일.

peace and joy in the LORD   2007   by UNE

/ 251

아무리 잠 와도 또박또박 들리는

"

가까웠으나 지금은 지워진 이들

잊은 건 아니나 잊고 지낸 기억 들추는

4절이나 되는 노래 맨 앞 한집안 사람 동해물

"

동해물

새벽 다섯 시 직전
라디오에서 애국가가 나온다
겨우 들던 잠이
동해물과 백두산 우렁차게 나오면서 달아난다
애국가 불러본 게 언제였나
가물거려도 난생처음 부른 날은 기억난다
초등학교 애국가 첫 시간
풍금 한 소절 따라 부르기 한 소절
동으로 시작하는 동해물이
성씨가 같은 집안사람인 줄 알고 자랑스러웠지
학교에서 배운 노래 맨 앞에 나오는 집안사람 동해물
집에선 아무도 모를 거야
얼른 가서 알려 주고 싶었지
내 말 듣고 놀란 표정 크게 짓던 식구들
애국가 첫 시간에서 아득하게 멀리 온 지금
사람이 사람에게서 멀어지는 분명한 길 택해
나에게서 아득하게 멀어진
아버지, 엄마, 청산이 큰형
새벽 애국가 동해물로 강림해
겨우 들던 잠을 깨운다
아버지, 엄마, 청산이 큰형
처음에서 멀어질 대로 멀어진 나
그리고, 가까웠으나 지금은 지워진 이들
잊은 건 아니나 잊고 지낸 기억을 들추는
4절이나 되는 노래 맨 앞
한집안 사람 동해물

산골은 도시와 하나에서 열까지 다르다. 평지에 있는 도시와 높이가 다르고 사방이 산이라서 해가 뜨고 지는 시간이 다르다. 높이가 다르고 시간이 다르니 하루를 지내는 방식도 다르다.

산골 삼십 년. 적응할 대로 적응한 나 역시 다를 대로 다르다. 남들 자는 시간에 일어나고 남들 일어나는 시간에 잔다. 다르게 말하면 자고 싶을 때 자고 일어나고 싶을 때 일어난다. 복이라면 복이다.

새벽 다섯 시다. 자야겠다. 마음은 부푼 풍선이다. 밤새 시 한 편 궁리했고 마침내 마침표를 찍었다. 잠은 얼른 들지 않는다. 잠들려면 풍선 꽉 찬 공기를 빼내야 한다.

공기는 쉽사리 빠지지 않는다. 밤새 쓴 시에 들어간 형용사가 걸리고 '다'로 끝난 마무리가 걸린다. 마침표 찍고서 편하게 넘어가려던 잠까지 걸린다. 풍선 꽉 찬 공기는 이럴 땐 잠을 방해하는 잡념이다.

라디오를 켠다. 잡념에서 벗어나는 산골 삼십 년 노하우다. 라디오에서 나는 소리는 잡념을

재운다. 풍선 공기 서서히 빠져나가 나도 모르게 잠에 이른다. 잠에 이르기까지 자는 것도 아니고 안 자는 것도 아닌 비몽사몽이 된다.

애국가가 들린다. 비몽사몽이 되면 라디오 소리는 어렴풋이 저 멀리서 들리는데 애국가만큼은 3절 4절까지 또렷또렷 들린다. 오래 듣고 자주 들어서 그런가 보다. 아무리 잠 와도 또렷또렷 들리는 당신 목소리 같다.

잎이 잎에 기대듯
마음이 마음에 기대어

"

어떤 줄기는 잎 사이가 너르고 어떤 줄기는 좁아

너른 줄기도 좁은 줄기도 꽃이 달렸던 자린 표나

퉁퉁 부어서 쓰다듬으면 부은 자리에서 손이 걸려

"

꽃 진 자리

꽃이 지면
꽃만 슬프랴
남 보는 데선 참아 그렇지
속울음 안으로 삼켜
꽃 진 자리
퉁퉁 부어올라 있다
등 돌리면
금방 터질 것 같다
남 보는 데선 애써 참느라
이파리마다 힘줄
시퍼렇다

떨어진 꽃이 눈에 밟힌다. 밟혀서 꽃도 납 닥하고 마음도 납닥하다. 줄기에 달렸을 때는 봉긋했던 꽃들. 봉긋한 꽃을 보며 봉긋했던 내 마음. 이리 밟히고 저리 밟혀 꽃도 마음도 납닥 하다.

꽃에 다가간다. 떨어진 꽃을 보고 꽃이 달렸을 줄기를 본다. 줄기에서 떨어진 꽃의 마음은 어 떨까. 꽃을 떨어뜨린 줄기의 마음은 어떨까. 잎 인들 아무렇지 않을까. 꽃에 은근히 스치며 정 을 키웠을 잎은 그 마음이 어떨까.

잎을 쓰다듬는다. 잎을 쓰다듬고 잎과 잎 사이 를 쓰다듬는다. 꽃이 달렸을 잎과 잎 사이. 어떤 줄기는 잎과 잎 사이가 너르고 어떤 줄기는 좁 다. 너른 줄기도 좁은 줄기도 꽃이 달렸던 자리 는 표가 난다. 퉁퉁 부었다.

부은 자리에서 손이 걸린다. 잎과 잎 사이를 쓰 다듬던 손이 부은 자리에 걸려서 잠시 멈춘다. 아주 잠시지만 마음은 착잡하다. 슬퍼해야 하나 기뻐해야 하나. 이게 슬픈 일인가 기쁜 일인가.

영 슬픈 일만은 아니다. 열매는 꽃이 져야 난 다. 멀리 보면 그렇다. 하지만 멀리 본다고 능사는 아니다. 지금 이 순간은 이 순간만 보고 싶다. 이제 막 떨어진 꽃에 대한 예의고 꽃을 떨어뜨린 줄기에 대한 예의다.

　잎이 끄덕인다. 잎마다 힘줄 시퍼렇다. 밟혀서 납닥해진 마음도 그게 옳다고 끄덕인다. 잎이 잎에 기대듯 마음이 마음에 기댄다. 납닥해진 마음이 기대는 당신의 마음. 납닥하면서 봉긋한 당신의 그 마음.

..... 구름섬 　　　Cloud

island   2020. C. HyuN

시인이 독자를 의식하듯
언젠가는 비가 나를 의식하리라

"

구름이 비라면 비의 길이는 구름의 높이

구름의 높이가 다 다르듯 비의 길이도 달라

시의 길이가 행마다 다르고 시마다 다르듯

"

장마철

시 한 줄이 아무리 길어도
비 한 줄보다 길지 못하구나
시 한 줄이 아무리 적셔도
비 한 줄보다 적시지 못하구나
시 한 줄이 비 한 줄보다 못해서
부끄러운 것이 아니라
시 한 줄이 비 한 줄보다 못한 걸
반백이 다 된 나이
이제야 안 것이 부끄럽구나
내가 쓴 몇백 편의 시
그것들을 모두 합친 것보다 많은 빗줄기가
지붕의 골을 타고 공중의 골을 타고
잔돌 깐 마당에 줄기줄기 골을 판다
어제도 비 오고 오늘도 비 오고
내일도 비 온다는 장마철
세상의 모든 시를 합친 것보다 많을 빗줄기가
시보다 길게 온다
시보다 적시면서 온다

비. 비는 글자부터 비처럼 생겼다. 위에서 아래로 쭉쭉 내리긋는다. 바닥에 닿은 비와 빗물 흘러가는 빗길까지 이 한 글자에 비의 모든 게 다 들었다. 비를 누구보다 오래 본 사람이 이 글자를 만들었으리라.

비를 본다. 어느 비도 대충대충 내리지 않는다. 저 많은 빗줄기가 백이면 백, 자기가 가진 최선을 다해서 내린다. 내리는 자리는 다를지라도 최선을 다해서 떨어지며 최선을 다해서 스며들거나 흘러간다.

비의 길이를 생각한다. 빗줄기 하나하나 그 길이가 같진 않으리라. 구름이 비라면 비의 길이는 구름의 높이. 구름의 높이가 다르다면 비의 길이도 분명 다르다. 내가 쓴 시의 길이가 행마다 다르고 시마다 다르듯.

좀 건방지다는 생각은 든다. 내 시가 대관절 뭐라고 최선을 다하는 빗줄기와 견준다는 말인가. 내 시는 한 편 한 편 최선을 다했는지 누가 물어보면 대답하기 난감하다. 최선을 다해 떨어졌고 최선을 다해 스며들거나 흘러왔다고 어찌 대답하나, 차마.

비를 본다. 비에게 내가 해 줄 수 있는 건 최선을 다해서 보는 것. 건성건성 보지 않고 최대한 많은 빗줄기를 내 눈에 담아두는 것. 시인이 독자를 의식하듯 언젠가는 비도 나를 의식하리라. 의식해서 어떤 비는 은은한 시를 쓰고 어떤 비는 선이 굵은 직설의 시를 쓰리라.

자세히 보면 비는 나를 독자로 의식한다. 자기만 보고 있으니 왜 그러지 않을까. 조용조용 내리다가도 내가 따분한 표정을 지으면 폭우로 퍼붓고 천둥 치고 번개 친다. 내 시의 첫 독자 당신! 당신을 의식해서 내 시에 폭우가 퍼붓고 천둥번개가 친다.

나무 맨 위에 난 잎,
가장 높고 가장 파릇한

"

잎을 헤아리려면 기준을 세워야 한다
한날한시에 피고 지는 잎이 아니라서 그렇고
어디든 필 자리만 나면 피는 잎이라서 그렇다

"

잎의 역설

잎에게 빛은 생명수다
빛이 스며들지 않으면
시름시름 시들다 끝내 죽는다
아프리카 어떤 나무는 그걸 알아서
제 잎에 스스로 구멍을 내어
빛이 그 아래 잎에 스며들도록 한다
내가 죽어야 네가 사는
잎의 역설이다
아프리카 어떤 나무만 그러랴
내가 이만큼이나 얼굴 들고 다니고
이만큼이나 밥 먹고살게 되기까지
보이는 곳도
보이지 않는 곳도
구멍 숭숭 난 만신창이 당신
가장 높고 가장 파릇한
나무 맨 위에 난 잎
당신

지금은 잎의 시간. 가지만 보이던 나무를 잎이 다 가렸다. 나무 하나에 잎은 얼마나 날까. 초봄 언젠가 매화나무에 달린 열매를 헤아리던 기억이 난다. 열매는 잎보다 훨씬 적은데도 다 헤아리진 못했다.

그랬다. 헤아린 것을 다시 헤아리는 바람에 처음부터 다시 헤아렸고 헤아렸는지 헤아리지 않았는지 헷갈려 처음부터 다시 헤아렸다. 나중엔 열매보다 숫자가 적은 가지를 헤아렸지만 그마저도 중간에 손을 들었다.

잎을 헤아리려면 기준을 세워야 한다. 언제부터 언제까지라거나 어디서부터 어디서까지라는. 한날한시에 피고 한날한시에 지는 잎이 아니라서 그렇고 어디든 필 자리만 나면 피는 잎이라서 그렇다.

기준을 세웠어도 각론에 들어가면 또 난감하다. '언제부터 언제까지' 말은 쉽게 했어도 그 언제를 언제로 잡을 것인지가 난제다. 큰 나무라면 아침부터 저녁까지 잡아선 어림도 없는 일이고 그렇다고 봄날 언제부터 늦가을 언제까지 잡을 수도 없는 노릇이다.

어디서부터 어디서까지도 마찬가지다. 나무 몸통이 갈라지는 데부터 방금 새가 앉았던 가지까지 잡을 수 있고 빗방울이 처음 닿은 잎에서 마지막 떨어진 잎까지 잡을 수 있지만 어느 것도 기준이라고 내세우기엔 약하다.

기준을 바꾸면 어떨까. 언제부터 언제까지가 아닌 바로 지금, 그리고 끝이 처진 잎. 끝을 빳빳하게 세운 잎은 빼면 되니 그럭저럭 해내지 싶어도 아뿔싸, 이걸 어쩌나. 내 앞에 선 나무, 잎이란 잎은 끝이 처졌다. 처져선 빗물을 아래 잎으로 연신 내려 보낸다. 이 또한 잎의 역설이려나.

높다랗고 청정한
천죽千竹의 노래

"

한 평에 다섯 그루만 잡아도 대나무는 천

달뜨면 월인천강지곡 뺨치는 월인천죽지곡 돼

당신과 대밭 거닐며 들을 대나무 천죽의 노래

"

우리집 대밭

같은 나무라도
여기 나무와 저기 나무가 다르고
한 나무라도
어제 다르고 오늘 다르다
어느 나무든
나란히 세워서 보면 다 다르고
어제와 오늘
하루도 같은 나무가 없다
그렇긴 해도
같은 나무라면
여기 나무와 저기 나무가 다르지 않고
한 나무라면
어제와 오늘이 다르지 않다
멀리서 보면 높이가 다 다르고
가까이서 보면 굵기가 다 다른
대밭 대나무
그렇긴 해도
여기 나무와 저기 나무가 다르지 않고
하루도 같은 나무 아닌 적 없는
우리집 대밭

집 뒤 대밭이 참 문제다. 대밭은 대밭이되 어디 내어놓기가 남사스럽다. 반듯하게 선 대나무만큼이나 기우뚱 넘어진 대나무가 수두룩하고 혈색 좋은 대나무만큼이나 누렇게 뜬 대나무가 수두룩하다.

한동안은 손을 꽤 봤다. 입춘에서 경칩 무렵이면 낫이며 톱을 챙겨서는 대밭에서 종일 보내곤 했다. 하루 이틀 정도가 아니라 열흘이나 보름을 그랬다. 열흘이나 보름을 그러고 나면 대밭이 대밭 같았다. 그러나 그때뿐이었다.

문제는 나였다. 게을러터져서 일 근처에는 이 핑계 저 핑계 안 가려고 했다. 대밭에는 산모기가 기승을 부린다는 핑계로 겨울철 아니면 들어가지 않았다. 모처럼 집에 왔다는 핑계로 겨울철에도 등 돌렸다.

산골에 들어온 지 30년. 풍경에 반해 대밭에 반해 고요에 반해 1990년대가 시작하던 무렵 들어왔다. 하지만 산골에서 온전히 산 건 처음 10년뿐이다. 하루하루 줄어들더니 지금은 한 달에 열흘만 산골에서 지낸다.

한 달 열흘이니 대밭은 아무래도 관심에서 멀어진다. 겨울이 오면 손봐야지 하다가도 막상 겨울이 오면 다른 일에 밀린다. 이래저래 대밭에 손을 놓은 지 몇 년. 그 속이 어떨지는 안 봐도 훤하다.

대밭은 200평 남짓. 한 평에 다섯 그루만 잡아도 대나무는 천이나 된다. 속이야 어떻든 달이 뜨면 월인천강지곡 뺨치는 월인천죽지곡 이 된다. 그런 날은 분명 오리라 믿는다. 당신과 대밭 거닐며 대나무 의 노래를 듣는 날. 높다랗고 청정한 천죽千竹의 그 노래.

나나 나무나
제 나름의 속셈으로

"

오늘은 어느 쪽으로 미나
힘도 힘이지만 머리를 써야
정반대로 밀어야 승산 높아

"

나무를 밀다

감나무를 부둥켜안고 민다
나무가 밀리는지 내가 밀리는지 겨룬다
지붕 두 배는 높은 나무와
지붕 반도 안 되는 내가
식전에도 겨루고 식후에도 겨룬다
나는 나무를 미는데도 나무에 밀리고
나무는 가만히 있는데도 내가 밀린다
웃통을 벗으면 불그죽죽 피멍 든 어깻죽지
나무에 밀린 자국이다
그저께도 밀고 어저께도 밀었으면
나무뿌리 한 뿌리 정도는 움찔대고
이파리 두엇쯤은 나가떨어질 만도 한데
움찔대고 나가떨어지는 건
그저께도 나고 어저께도 나다
오늘은 어쩐지 예감이 좋다
나는 가만히 있는데도
나무가 높은 데서부터 움찔댄다
이파리가 스물은 서른은 나가떨어진다
나는 가만히 있는데도
나무는 밀리지 않으려고 용쓰다가
나무 어깨에 피멍 든 자국이 날 것 같다
으라차차, 지붕 반도 안 되는 기합 소리에
지붕 두 배는 높은 감나무가 움찔댄다

오늘도 지구전이다. 승부가 쉽사리 나지 않는다. 모르는 사람에 겐 부둥켜안는 것처럼 보이겠지만 천만의 말씀. 실제론 부둥켜 미는 중이다. 나는 나무를 부둥켜 밀고 나무는 나를 부둥켜 민다.

물론 그건 아니다. 나보다 열 배는 높다란 감나무를 어찌 밀어내 며 감나무는 무슨 억하심정이 있어 삼십 년 넘게 같이 지낸 나를 밀 어낼까. 내가 나무를 민다고 우긴들 그걸 믿을 사람이 세상천지 어 디 있을까.

그런데도 매번 맞붙는 건 꿍꿍이속이 있어서다. 나는 나대로 용을 쓰면서 내 심심을 달래고 나무는 나무대로 못 이기는 척 나를 받아들 이며 제 심심을 달랜다. 남들이 보면 나나 나무나 우직하고 근엄해 보 일지 몰라도 나나 나무나 제 나름의 속셈이 다 있다.

오늘은 어디로 미나. 힘도 힘이지만 머리를 써야 한다. 나무가 예상 하는 반대 방향으로 밀어야 승산이 높다. 어제는 마당 바깥쪽으로 밀 었으니 나무는 오늘도 그리라 대비하리라. 정반대로 생각할지도 모르겠다. 어제 반대쪽, 그러니까 마당 안쪽으로 민다고 대비했을 수 도 있으니 그냥 어제 하던 대로 하자.

아니나 다를까 오늘도 지구전이다. 나무도 밀리지 않고 나도 밀리 지 않는다. 나도 수읽기는 엔간히 하지만 이 나무는 보통내기가 아 니다. 작전상 후퇴다. 한 발짝 슬그머니 뺀다. 나무는 알아듣고 나를 놓아준다. 이런 걸 무어라고 하나. 막상막하라고 하나, 동병상련이 라고 하나.

잠시 쉰다. 한 팔 간격 떨어져 나무를 본다. 평소와 달리 나무가 씩씩 댄다. 두 팔, 세 팔 더 떨어지니 씩씩대는 나무가 더 잘 보인다. 나무도 약점이 있구나! 나와 가장 가까운 당신. 당신인들 약점이 없을까. 그래서 더 다가가야겠다고 생각한다. 당신의 약점이 보이지 않도록.

사흘을 울어서 목이 쉰 소,
또 울다

"

어미 우는 소리 듣고 찾아오라고
앉지도 않고 눕지도 않고 울어
힘 빠져서 한 번은 길게 한 번은 짧게

"

소

울어서 목이 쉰 소가 또 운다
사흘을 울던 소가
밤에도 울고 낮에도 운다
젖 빨던 새끼를 찾아 운다
젖 떼자 팔린 새끼를 찾아 운다
웃는 얼굴을 보인 적이 없어
감정이 있겠나 여긴 소가
사흘을 울고도 모자라서
밤에도 울고 낮에도 운다
사흘을 울고도 모자라서
제가 사는 집을 들이받는다
제 성한 몸을 들이받는다
어디 있는 줄 안다면
문짝 박차고 나갔을 소가
제 몸에서 난 새끼
어미 우는 소리 듣고 찾아오라고
앉지도 않고 눕지도 않고 운다
목이 쉬어서
힘에 부쳐서
한 번은 길게 울고
한 번은 짧게 운다

이 시를 쓸 때만 해도 옆집 대산댁네는 식구가 많았다. 할머니와 대산댁 부부, 그리고 셋째 넷째 딸과 아들 이렇게 해서 모두 여섯이었다. 집안에 잔치라도 있으면 시집간 첫째와 객지 직장 다니는 둘째 딸까지 와서 사람 소리가 넘쳐났다.

그때는 소를 몇 마리 키웠다. 옆집과 내 집 사이에 소막이 있어 오며 가며 소에게 눈싸움을 걸었다. 처음에는 경계하다가도 상대가 안 되는 걸 뻔히 알아 소는 이내 심드렁했다. 꼴을 되씹거나 꼬리를 휘둘러 엉덩이 파리를 내쫓았다. 언제 봐도 소는 무심했다.

소가 예민해지는 때도 있었다. 갓 낳은 송아지에게 가까이 가면 그랬다. 그럴 때는 소가 먼저 나에게 눈싸움을 걸었다. 순한 퉁방울눈이 무섭게까지 보였다. 눈싸움은 내가 송아지 보는 눈을 거둔다든지 내리깔아야 끝났다. 소는 독심술이 있어 송아지 만져보려는 내 속셈을 꿰뚫었다.

송아지는 어미 소에게 전부였다. 쇠 죽통 여물을 꾸역꾸역 먹는 것은 제 배 채우려 해서가 아니라 송아지에게 젖을 배 불리 먹이려 해서였다. 그 고된 논일이며 밭일 순순히 나선 것은 어미 따라 나온 송아지가 선선하고 파릇한 초원에서 뛰놀며 다리 알통 통통해지길 바라서였다.

소가 며칠을 달아서 우는 날은 방문을 꼭꼭 닫았다. 소 울음 새어들지 말라고 양쪽 문짝을 바짝 당겨 문틈을 최대한 좁혔다. 그래도 우는 소리가 새어들면 객관적 거리를 유지하려고 했다. 최대한 객관적

으로 소리의 길고 짧음과 높고 낮음을 한 글자 한 글자 시의 여백에
적어 나갔다.

소는 꼭 사흘을 울었다. 젖을 뗀 송아지가 처음 팔렸을 때도 그랬
고 다음에, 그다음에 팔렸을 때도 그랬다. 당신도 그랬다. 당신이 내
앞에서 처음 울던 날은 지금도 생생하다. 소리는 내지 않았어도 사
흘이나 나흘 그 이상을 달아서 울었을 당신. 그때를 떠올리며 한 글
자 한 글자 당신을 적는다. 당신의 속울음 그 장단과 그 고저. 내 눈
을 내리깐다.

늘 다니던 산길에서 길을 잃다

"

나의 불안과는 무관하게 숲은 윤기 넘쳐

새는 소리를 내며 숲속의 새를 찾았고

이파리는 한들대며 새의 소리 털어내

"

숲

할 말 못할 말 마구 해서 윤기 나는구나 돌고 도는 말이 생가슴에 못
을 박아 꽃 피고 새 우는구나 속속들이 듣게 하려고 나무들이 자리 내
줘 길이 생기는구나 말이 찰랑찰랑 흐르며 그 길을 적시는구나 말 다
하고 상처받은 고목은 저리 장엄하구나

종종 길을 잃는다. 늘 다니던 길에서도 그런다. 늘 다니던 길이라도 가 보지 않은 엇길로 들어서면 길은 안면을 바꾸어 나를 내친다. 얼마나 익숙해져야 길은 나를 온전히 받아들이나. 나를 처음 온 곳으로 돌려보내나.

어제도 그랬다. 늘 다니던 산길이었고 숲길이었다. 가 보지 않은 길이 보였고 그 길로 들어섰다. 내처 가면 늘 다니는 길과 만나지 싶었다. 가 보지 않은 길은 온화했고 푹신했다. 그런 길이 안면을 바꾸리라고 어찌 생각이나 했을까.

처음엔 괜찮았다. 다음에 또 오리라 했다. 그러다 길이 끊겼다. 가시밭에 막혔다. 돌아가기엔 너무 멀리 왔다. 둘러서 갔다. 둘러서 가면 길을 만나지 싶었다. 저 너머엔 뭐가 있을까. 호기심과 기대감은 나를 부추겼다.

조금씩 불안해졌다. 아직은 밝았지만 길을 찾기 전에 어두워지면 어쩌나. 휴대폰 배터리 잔량을 확인했다. 어두워지면 휴대폰으로 길을 밝힐 참이었다. 충분히 충전하고 나왔지만 음악을 듣느라 절반도 남지 않았다.

밝음과 어둠의 경계에 이르렀다. 나의 불안과는 무관하게 숲은 윤기가 넘쳤다. 새는 소리를 내며 새를 찾았고 나뭇가지 끝 이파리는 한들대며 제 가녀린 몸에 달라붙은 새의 소리를 털어내었다.

밝음과 어둠의 경계. 불안이 밀려왔다. 생각을 바꿨다. 길이 정 보이지 않으면 자고 가는 것도 괜찮겠다며 나를 다독였다. 남들은 일부러라도 비박하는데 온화하고 푹신한 숲에 하룻밤 나를 눕히는 것도 괜찮겠다 싶었다. 온화하고 푹신한 당신. 마음먹기 따라서 숲과 당신이 무어 그리 다르겠나 싶기도 했다.

"The Home is beautiful . Because

owers that cannot be seen." 2012 HyuN

나를 이만큼이나 키운 건 빨래

"
내가 나를 이해하며 지낸 산골 삼십 년
내가 나를 말리며 지낸 삼십 년이었고
나한테만 그러는 게 눈치보여서 남도…
"

나를 올리다

가운데가 처진 빨랫줄을
대나무 장대로 받친다
빨랫줄이 올라가고
빨랫줄에 넌 빨래가 올라간다
빨간 물이 나던 수건이 올라가고
빨간 물이 들던 내의가 올라간다
수건에서 물이 떨어지고
내의에서 물이 떨어진다
떨어지는 물이 땅바닥을 판다
수건은 수건만큼 파고
내의는 내의만큼 판다
땅을 파면
나도 나만큼은 판다
장대가 건들댄다
빨랫줄이 건들대고 빨래가 건들댄다
장대를 더 높이 받친다
빨래가 아까보다 높이 올라간다
내가 쓰던 수건이
내가 입던 내의가
나보다 높이 올라간다
남은 집게를 손가락에 집는다
내가 수건만큼 올라간다
내가 내의만큼 올라간다

산골 삼십 년. 어떤 일은 여전히 서툴다. 톱질이 그렇고 망치질이 그렇다. 그것만 그러랴. 매사 그렇다. 이런 재주로 삼십 년을 어찌 살았나 싶다. 내가 생각해도 나는 참 어지간하다.

빨래만큼은 달랐다. 산골 산 지 일이 년 만에 요령이라면 요령을 터득했다. 빨래 첫날은 하이타이 푼 대야에 푹 담가만 뒀고 비비는 건 그다음 날 했다. 그러면 때가 수월하게 빠졌다. 비비는 건 건너뛰고 헹구기만 한 날도 사실은 많았다.

요령을 지나치게 부리기는 했다. 빨래는 늘 한 무더기였다. 대야가 늘 넘쳤다. 대야보다 큰 빨간 고무통이 넘치기도 했다. 한 주일 모아서 하는 건 약과였다. 한 달치도 흔했고 심지어는 한 계절이 다 가고서야 빨래할 때도 있었다.

나는 나를 이해했다. 한 달도 아니고 한 계절 빨래를 모아서 한다니 남들은 인상 찌푸릴지 몰라도 한겨울 엄동에는 당연히 그럴 수 있는 일이었다. 마당 세면대 얼음물에 손을 담그는 일이라서 내가 나를 말렸다.

산골 삼십 년. 내가 나를 이해하며 지낸 삼십 년이었고 내가 나를 말리며 지낸 삼십 년이었다. 나한테만 그러는 게 눈치보여서 남도 이해하려 했고 말리려 했다. 나를 이만큼이나 키운 건 팔 할이나 구 할이 빨래였다.

오늘은 이불을 널어서 턴다. 빨래로 치면 한 달치다. 털기만 하면 빨랫줄을 받치는 장대가 건들댄다. 은근히 나도 건들대는 기분이다. 이럴 때 아니면 언제 건들대어 보랴. 우스꽝스럽긴 해도 조금은 자신만만한 이런 모습을 언젠가는 당신에게 보이고도 싶다. 이불을 터는 손에 힘이 들어간다.

산,
늘 다르면서 늘 같은

"

오르는 산이 높으면 바라보는 산은 더 높아

오르는 산은 한 걸음씩 가까워지기라도 하지만

바라보는 산은 아무리 바라봐도 가까워지지 않아

"

산 너머 산

산 너머 산 높다 높은 산 어이 다 오르리 바라보다가 날 저문다 기온
뚝 떨어지고 낮 동안 제 갈 길 가던 철새 산으로 떨어진다 산은 새가
날개를 접는 새장 산 너머 산 바라보다 날 저물고 산을 빠져나가는 길
어둡다 내 갈 길 어둡다

산은 그렇다. 오르는 산이 높으면 바라보는 산은 더 높다. 오르는 산은 한 걸음 한 걸음 꼭대기에 가까워지기라도 하지만 바라보는 산은 어디 그런가. 아무리 바라봐도 가까워지지 않는다.

산은 그렇다. 아무리 바라봐도 싫증이 나지 않는다. 오르는 산이야 몇 번 오르면 다음엔 다른 산을 가려고 하지만 바라보는 산은 10년, 20년, 아니 30년을 바라봐도 싫증이 나지 않는다.

어쩔 수 없는 일이긴 했다. 집을 옮기지 않고 산 지 딱 30년. 집을 옮기지 않으니 산 역시 옮기지 못했다. 방문을 열면 보이느니 그 산이고 마루에 앉으면 보이느니 그 산이었다. 그 세월이 딱 30년이었다.

산은 늘 달랐다. 해가 동쪽에 있을 때와 서쪽에 있을 때가 달랐고 해가 높이 뜰 때와 낮게 뜰 때가 달랐다. 그러면서 산은 의연했다. 여름과 겨울, 해는 철마다 지는 능선이 달랐어도 산은 그러지 않았다. 한자리에서 꿈쩍도 하지 않았다.

겨울의 산은 야속했다. 해는 짧아졌는데 산은 그대로라 산골 마을에 한기가 일찍 들었다. 해를 높일 수 없다면 산을 낮추어야 했다. "삽 들고 산에 올라가 해 지는 능선을 움푹 파내고 싶다." 창원에서 놀러 온 노충현 화가가 한 말이다. 농담이었지만 내가 그러고 싶었다.

산골 삼십 년. 산이 고맙다. 바라보는 산인들 싫증이 왜 안 날까. 싫증이 나면 사나흘이고 열나흘이고 허구한 날 바깥으로 나돌았다. 그러나 산은 한 번도 나에게 싫증을 내지 않았다. 언제든 받아주었다.

언제든 나를 받아주는 당신이려니 했다.

황토가 사람을 알아보다

"

중참으로 차린 소주를 한 잔

숨을 쉰다는 황토에 부어

황토가 붉어지고 후배가 붉어져

"

황토

나는 황토를 비비고
집주인 후배는 벽에 바른다
나도 처음 하는 일
후배도 처음 하는 일
황토가 사람을 알아본다
비빈다고 비벼도 황토는 묽거나 질고
바른다고 발라도 떨어지거나 갈라진다
안쪽 벽 여러 면이고 바깥벽 여러 면인데
벽 한 면 채우려고
처음 사귀는 사람만큼이나 공을 들인다
황토벽은 숨을 쉰다는데
사람과 매한가지라는데
얼마큼 사귀고 알아야
비비는 대로 비벼지고
바르는 대로 발라지는 걸까
얼마큼 공을 들여야
눈빛만 보고도 척 알 수 있는 걸까
흙색만 보고도 척 알 수 있는 걸까
중참으로 차려진 소주를 한 잔
숨을 쉰다는 황토에 친다
사람과 같다는 황토에 친다
술기가 번져 황토가 붉어진다
술기가 번져
후배가 붉어지고 내가 붉어진다

마당은 따로 없다. 길이 마당이고 노지가 마당이다. 거기에 목재를 가지런히 재어 두었다. 집 뒷산에서 벴거나 목재소에서 산 나무다. 통나무와 반듯한 나무, 세워서 쓸 나무와 눕혀서 쓸 나무가 자기 차례를 기다린다.

나무 작업은 힘이 든다. 두 사람이 겨우 드는 나무가 대부분이고 다듬거나 쓰임새 맞춰 잘라야 한다. 그래서 주로 주말에 작업한다. 주말엔 도시 사람이 온다. 집짓기 교실 강사와 수강생이 지원 겸 실습 겸 집 짓는 일을 거든다.

황토 작업은 나무에 견줘 힘이 덜 든다. 그래서 주중에 틈틈이 해 놓는다. 작업자는 셋. 집주인인 후배 부부와 나다. 나는 왔다 갔다 하는 수준이고 일은 후배가 다 한다. 나는 후배가 시키는 일만 한다. 괜히 앞섰다간 해 놓은 일까지 망친다.

후배는 대단하다. 못 하는 일이 없다. 몸은 애리애리한데 냇가에서 웃통이라도 벗으면 완전 이소룡 근육질 몸매다. 뒷산에서 나무를 베고 다듬는 일이며 전기며 수도, 보일러까지 만능이다. 곁에서 보는 사람이 흥이 날 정도다.

후배는 내 집을 고치면서 알게 됐다. 그때가 1999년. 산골 들어온 지 칠팔 년 지날 무렵이었다. 부엌도 없고 씻을 데도 마땅찮은 촌집을 고치려고 사람을 수소문했고 소개받은 사람이 후배였다. 같은 대학을 나온 인연으로 몇 번 안 만나고서 가까워졌다.

내 집 고치는 일은 고단했다. 일주일이면 끝나지 싶었는데 석 달을 끌었다. 석 달 꼬박 후배는 차를 몰고서 내 집으로 왔다. 염소 이삼백 키우는 어엿한 사장님인데도 흙일, 물일을 마다하지 않았다. 내 궁벽을 알고선 돈도 받지 않았다. 어디서 이런 귀인을 만날까 싶었다. 이 세상 둘도 없이 귀한 당신 같았다.

마음으로 보는 세상 ㅡ 사랑꽃

다.

HyuN

나가는 길이 끊기면
들어오는 길도 끊겨

"

노모가 있는 본가에 못 간 날도 많아
몸 떨어져 못 갔고 마음 떨어져 못 가
지금은 후회는 사라지고 회한만 남아

"

길이 끊기다

눈이 와서 아침부터 펑펑 와서 길이 끊긴다 밖으로 나가는 길 밖에
서 들어오는 길 모두 끊겨 눈 속에 갇힌다 바깥과 왕래가 끊기고 나
서 알아챈다 나가는 길이 끊기면 들어오는 길도 끊긴다는 걸 나가는
길과 들어오는 길이 다르지 않고 같다는 걸 그것도 모르고 나와 바깥
사이에 놓은 여러 갈래 길 그 길을 끊는다고 아침부터 눈이 온다

이게 여기 있었구나. PC 저장 사진을 정리하다가 눈이 번쩍 떠진다. 피로가 확 풀리는 기분이다. 사진을 찍은 날짜는 2012년 2월 13일. 날짜에다가 찍은 시간이 분초까지 나온다. 모두 넉 장의 사진이 아침 8시 43분부터 10시 35분까지 짧게는 10분, 길게는 1시간 40분 간격으로 찍혔다.

사진이 담은 풍경은 설경. 설경 중에서도 눈 그친 고요한 설경이 아니라 눈 펄펄 날리는 어지러운 설경이다. 마음이 한군데 가만히 있지 못했는지 넉 장 모두 찍은 장소가 다르다. 산으로 이어지는 길과 눈 덮인 비닐하우스, 눈을 인 나무, 그리고 밭이다. 이 모두 옆 동네 후배가 사는 집 주변의 풍경이다.

그날의 기억은 선연하다. 후배에게 놀러갔다가 그만 늦어졌다. 옆 동네라곤 하지만 걸어서 한 시간 거리였다. 고드름 꽁꽁 얼어붙은 엄동이었고 밤길이었다. 가을에 잡아 둔 다슬기로 술국 끓여 드릴 테니 자고 아침에 가라는 말에 못 이기는 척 눌러앉았다. 후배 집을 끼고 흐르는 도랑엔 다슬기가 밭을 이루었다.

다음 날 아침. 방문을 열자 세상이 바뀌어 있었다. 밤새 눈이 내려서 보이는 게 모두 하얬다. 밤새 내린 거로도 부족했던지 술국 먹는 아침에도 왔다. 그때만 해도 어렸던 후배 아이들과 산으로 이어지는 경사진 길에서 비닐포대 썰매를 엉덩이 얼얼하도록 탔다. 결국은 그날도 집에 가지 못했다.

집에 못 간 날. 노모가 외로움 타는 부산 본가에 못 간 날도 많았다.

몸이 멀리 떨어져서 못 갔고 마음이 멀리 떨어져서 못 갔다. 그때는 그럴 만한 명분이 있었고 그럴 수밖에 없는 사연이 있었다. 분명 그랬다. 많은 날이 지난 지금은 가물가물한 그 명분, 그 사연. 명분과 사연이야 무어든 한동안은 후회했다. 왜 그랬나, 왜 그랬나. 후회도 사라지고 지금은 회한만 남는다. 더 많은 날이 어서 지나가 회한조차 부질없어지기를 바랄 뿐이다.

사진은 설경이지만 보이는 풍경 모두가 하얗지는 않다. 절반 가까이만 하얗고 절반 가까이는 까맣다. 흑과 백! 컴퓨터가 아무리 복잡해도 그 기본은 0과 1이듯 세상이 아무리 화려해도 그 기본은 흑과 백이다. 눈에 덮이고서야 비로소 보이는 절반 가까운 백과 절반 가까운 흑. 비로소 보이는 절반 가까운 당신과 절반 가까운 나.

차를 산 그날 폐차한
베스타 슈퍼봉고 1987년식

"

도움은 되지 않았지만 내 진심은 그랬다
연기 내뿜으며 언제 멈출지 모르는 봉고일망정
풍매화 홀씨 같은 나를 품어 준 산골에 뭔가 보답을

"

녹-1종 보통

벼룩신문 자동차 매매란 며칠을 뒤져
베스타 슈퍼봉고 1987년식
차체 낡고 사고 부위는 덧칠이지만
연수 삼아 타고 다니다 폐차할 요량으로
검사도 마치지 않은 차 서둘러 등기 끝내고
사차선 도로 나선다
오일 새로 넣고 기름 만땅으로 채워
완전초보 비상등 깜빡이며
4차선 도로 겁도 없이 나선다
차선 바꾸기 조심스럽고 끼어들기 엄두 안 나지만
시동 꺼지지 않은 것만 해도 용치
앞으로 내보낸 차들 꽁무니도 보이지 않는
넓고 훤한 길
차여 달리자
이 길은 설레고 희망으로 탁 트인 길
급커브에 오르막이 버겁지만
백미러 사이드미러 요령 좋게 훔쳐보며
보란 듯 경적도 울려 가며 달려보자
다 떨어진 똥차라고 부끄러울 건 없지
더운 김 뿜어내며 퍼질러 앉을 때까지
차여 달리자
일금 50만 원 베스타 슈퍼 1987년식

19₉₂년 산골에 들어왔다. 풍매화 홀씨처럼 날려온 나를 품어 준 산골이 고마웠다. 뭔가 보답하고 싶었다. 아주머니들이 눈에 들어왔다. 다들 연세 지긋했다. 그때는 자가용 있는 집이 없어 버스를 타고 다녔다.

버스는 하루 세 번 다녔다. 아침, 오후, 저녁 한 차례였다. 닷새마다 돌아오는 장날이 되면 아주머니들은 아침 차로 나가 대개는 오후 차로 돌아왔다. 장날 버스는 보따리 짐이 많았다. 장에 팔 짐이 한 보따리였고 산 짐이 한 보따리였다. 짐은 무거워 보였고 버스 시간 맞추는 게 예삿일이 아니지 싶었다.

도움이 되고 싶었다. 물론 나도 필요했다. 벼락치기 공부로 면허증을 땄다. 도로 연수는 건너뛰고 중고 봉고를 샀다. 부산에서 샀고 등록은 경남 충무에서 했다. 그때는 통영을 충무라 했고 내 거주지 고성에선 차량 등록이 되지 않았다.

충무에서 고성까진 차로 20분 거리. 초보운전 딱지를 붙이고 비상등 깜박이며 저속으로 운전했다. 추월하는 차들이 나를 힐끔거렸고 누군가는 창문을 내려 손가락질했다. 아랑곳하지 않고 전방만 주시했다. 초보는 그렇게 하는 거라고 들었다.

어렵사리 고성 읍내에 들어섰다. 차를 세우고 뒤를 보니 꽁무니에서 연기가 났다. 길 가는 사람이 들여다보더니 왜 그런지 알려주었다. 주차 브레이크 걸어놓은 채로 운전한 탓이었다. 추월하는 차들이 창문을 내려 손가락질로 가리켰지만 무시하고 앞만 보며 달렸으니 모두가 내 탓이었다. 수리비는 봉고값보다 비쌌다. 그날로 폐차했다.

그 후론 벼룩신문을 보지 않았다. 산골 아주머니는 여전히 아침 첫 버스를 타고 나갔고 짐이 한 보따리였다. 도움은 되지 않았지만 내 진심은 그랬다. 당신을 대하는 내 진심도 그렇다. 연기를 내뿜으며 언제 멈출지 모르는 봉고일망정 당신의 짐을 기꺼이 안으며 당신의 시간에 나를 맞추려는.

나무 같은 당신이 넘어지기 전에

"

어떤 나무는 나무 위로 넘어가고

어떤 나무는 나무 아래로 지나가

이래도 저래도 안 되면 둘러서 가

"

넘어진 나무

바람에 넘어진 나무를 보며
모진 바람을 탓할 것인가
약한 뿌리를 탓할 것인가
사람도 언젠가는 넘어질 나무
보지도 못하고 만지지도 못한 바람
그 바람을 탓할 것인가
뻗는다고 뻗어도 거기서 거기인 뿌리
그 뿌리를 탓할 것인가
산골집 맞은편 왕복 세 시간 숲길
넘어진 나무가 길을 막는다
몸을 낮추어 지나갈까
옆으로 비켜 지나갈까
나무일 때는 그냥 지나치던 나무가
넘어지고 나서야 나를 나무 앞에 세운다
왕복 세 시간 숲길 같은 인생길
넘어지고 나서야 나를 세우는
한때는 나무였던 이들

왕복 세 시간. 부담스럽진 않지만 처음 이십 분 정도가 힘에 부친다. 능선에 오르기 전까진 가파른 비탈이라 숨이 금방 가빠지고 땀이 줄줄 흐른다. 초장부터 뻣뻣한 산을 탓하고 걷기 편한 둘레길로 가지 않은 나를 탓한다.

능선은 바람부터 다르다. 같은 바람이라도 고생 뒤끝이라 더 시원하다. 오르막도 걷자마자 끝나고 내리막도 걷자마자 끝나는 완만한 길이 능선을 따라 구불구불 이어진다. 그제야 숨이 고르고 땀이 식는다.

왕복 세 시간 산길은 늘 같다. 갈 때도 마주치는 사람 하나 없고 올 때도 마주치는 사람 하나 없다. 주말이나 휴일에는 등산객이 더러 지나는 모양이지만 그런 날을 피해서 걷는 나에겐 마주치는 사람 하나 없는 늘 같은 산길이다.

넘어진 나무도 늘 같다. 갈 때도 올 때도 넘어져서 나를 맞는다. 뿌리가 뽑혀서 나뒹군 나무가 있고 중간쯤 부러져서 거꾸러진 나무가 있다. 그래서 어떤 나무는 나무 위로 넘어가고 어떤 나무는 나무 아래로 지나간다. 이래도 저래도 안 되면 둘러서 간다.

나무는 왜 넘어졌을까. 바람이나 번개가 덮쳐서, 또는 병들거나 나이가 다 돼서 넘어졌으리라. 그러나 하필이면 내가 가는 길에 넘어진 건 그럴만한 곡절이 있으리라. 온전한 나무라면 그냥 지나쳤을 나에게 나무는 무슨 말을 하려던 걸까.

사람도 그렇다. 가까이 있을 땐 보이지 않다가 영영 멀어져서야 보이는 사람들. 한 번이라도 더 찾아갈걸. 전화라도 한 번 더 할걸. 나무가 넘어지기 전에, 나무 같은 당신이 넘어지기 전에 한 번이라도 더 찾아가고 전화라도 한 번 더 해야 하리. 그래야 하리.

뻐꾸기는 뻐꾸기대로
나는 나대로

"

뻐꾸기가 울면 다른 새는 일제히 소리 멈춰
같은 새라도 소리에 급이 있다는 걸 다 알아
좋은 소리 내려면 좋은 소리 들을 줄 알아야

"

뻐꾸기 트럭

제철이 아닌데 뻐꾸기가 운다
아카시아가 펴야 뻐꾸기 철이다
먹는 것 쓰는 것 짐칸에 싣고
이 마을 저 마을 장사 다니는 트럭
뻐꾸기 새장이라도 실은 것처럼
노인뿐인 마을에 와서 뻐꾹뻐꾹 운다
대청에도 뻐꾸기를 날려 보내고
안방에도 뻐꾸기를 날려 보낸다
뻐꾸기가 진짜로 우는 줄 알고
꽃이 피려면 멀은 아카시아가 잎을 쫑긋대고
꽃이라곤 피워보지 못한 내가 귀를 쫑긋댄다
내년을 장담 못 하는 노친네
후내년을 장담 못 하는 노친네
뻐꾸기 우는 소리에 끌려서
당장은 먹지 않아도 될 사탕을 사고
당장은 쓰지 않아도 될 물통을 산다
해도 저물고 사람도 저무는 산골마을
재미를 볼 만큼 봤는지
재미를 더 봐야 하는지
집집에 날려 보낸 뻐꾸기 불러 모아서
뻐꾸기 트럭 마을을 빠져나간다
내년을 장담 못 하는 마을을 지나
후내년을 장담 못 하는 마을을 지나
제철이 아닌 뻐꾸기
뻐꾹뻐꾹 한 고개 넘어간다

뻐꾸기가 운다. 열 번을 넘게 울다가 그치거나 열 번 안 되게 울다가 그친다. 같은 뻐꾸기가 그러는지 다른 뻐꾸기가 그러는지는 잘 모르겠다. 어느 경우든 어느 한순간 뚝 그친다. 그러다 또 처음부터 운다.

뻐꾸기가 몇 번을 우는지 헤아리곤 한다. 주로 새벽에 그런다. 뻐꾸기는 한낮에도 울지만 그땐 다른 소리와 겹쳐서 몰입이 잘 안 된다. 잠이 막 깬 새벽이면 뻐꾸기는 뻐꾸기대로 울고 나는 나대로 헤아린다.

뻐꾸기 소리는 분명하다. 소리를 선으로 그을 수 있다면 일직선이다. 구부러지거나 옆으로 새지 않는다. 주저하거나 주저앉지도 않아서 내가 잠든 방의 창문을 마구잡이로 찔러댄다. 더는 버티지 못하고 잠에서 깬다.

성가시단 생각은 들지 않는다. 청음이고 옥음이라서 그렇다. 다른 새도 그렇게 받아들인다. 정말이다. 뻐꾸기 소리가 들리면 다른 새는 소리를 일제히 멈춘다. 중간에 끼어들지 않는다. 새는 다 안다. 같은 새라도 소리엔 급이 있다는 걸.

새라고 해서 어찌 소리를 내기만 할까. 좋은 소리를 들을 줄 알아야 좋은 소리를 내는 게 사람만은 아니다. 뻐꾸기 소리가 그치기 전에는 끼어들지 않는 새들! 나처럼 귀 쫑긋 세워서 하나둘셋 헤아리는 새는 왜 없을까.

잡화트럭은 안목이 높다. 안목이 높아서 많고 많은 소리 가운데 뻐꾸기 소리를 내며 산골 마을을 기웃댄다. 진짜 뻐꾸기조차 귀 쫑긋 세우는 산골의 한낮. 잡화트럭이 기웃대는 어딘가에서 당신도 귀를 세우리라. 청음을 내고 옥음을 내는 당신이기에 더욱. 사람의 내면에서 나는 소리를 들을 줄 아는 당신이기에 더더욱.

둑길 중간쯤 화해의 술상

"

해 질 무렵 못둑에 앉아 화해 술상을 차립니다
내 생애의 밤과 낮도 화해하기를 바랍니다
밤이 양보해 낮이 못둑처럼 길어지기를 바랍니다
"

춘분

밤낮의 길이가 같다는 춘분입니다 길던 밤이 내일부터 양보하겠다며
낮과 화해하는 날입니다 해 질 무렵 못둑에 앉아 화해 술상을 차립니
다 내 생애의 밤과 낮도 화해하기를 바랍니다 밤이 양보해 낮이 못둑
처럼 길어지기를 바랍니다

버스가 돌아 나간다. 하루 세 번 오는 마을버스다. 읍에서 출발해 내가 사는 저수지 마을을 들렀다가 되돌아 나간다. 종점은 저수지 건너편 종생마을. 거기서 잠시 쉬었다가 곧장 읍으로 간다.

이사 온 처음부터 그랬던 건 아니다. 처음에는 버스가 마을로 들어오지 않고 저수지 둑길에 내려줬다. 둑길에서 마을까지는 이십 분 거리. 저수지 물이 얼마나 들었나 보며 이십 분을 걸었다.

문제는 짐이었다. 마을에는 연세 지긋한 분이 대부분이었다. 그냥 걷기도 불편한 터에 짐까지 있으면 이십 분은 꽤 부담스러운 거리였다. 서른에서 마흔 무렵이던 나라고 해서 다르지 않았다.

짐은 그때그때 달랐다. 하루는 책꽂이 만드느라 제재소에서 산 나무 널빤지였고 하루는 책꽂이 사이사이 쌓느라 적벽돌이었다. 장날 묘목장에서 산 어린나무 한아름이기도 했고 열흘이나 보름치 일용할 양식이기도 했다.

그 무렵 둑길은 비포장 황톳길이었다. 한하운 시처럼 '가도 가도 붉은 황톳길'이었다. 비라도 내리면 진창길이었지만 마른날에는 보는 것만으로도 힐링이 되었다. 보는 것만으로도 속이 다 시원했다. 세상에 이런 길이 있었나 싶었다.

 자주는 아니었지만 둑길 중간쯤 퍼질러 앉아 일용할 짐을 끄르곤 했다. 몇 시간 후에나 올 다음 버스에서 당신이 내리지 않는 한에는 둑길은 처음부터 끝까지 내 차지였다. 내 안의 나와 내 밖의 내가 기다란 둑길 하나를 처음부터 끝까지 다 차지했다. 그런 시절이 있었다.

산다는 것은 속으로

이 울고 있는 것이다 .　　　　HyuN

많이 먹어라
먹고 더 먹어라

"

마루에 밥상 차려서
밥 한술 뜨고 마당 보고
밥 한술 뜨고 마당 너머 저수지 봐
"

밥 한 그릇

금방 지은 따뜻한 밥 한 그릇
나를 먹이려고 상에 올리네
왼쪽에 밥그릇 오른쪽에 국그릇
짝을 맞춘 젓가락 숟가락을 사이에 놓네
어쩌다 한 번쯤은 두 번쯤은
나도 나에게 잘 먹이고 싶네
금방 지어서 김이 나는 밥
목이 메게 먹이고 싶네
나를 목메게 하고 싶네
나를 나처럼 생각하던 사람
평생에 한 번쯤은 두 번쯤은
같이 밥 먹고 싶네
젓가락 숟가락 짝을 맞추고
많이 먹어라 먹고 더 먹어라
목이 메게 먹이고 싶네
내가 목메고 싶네

오늘은 무얼 먹나. 하루는 대개 두 끼. 어제도 그랬고 그제도 그랬다. 아침은 느지막이 먹고 점심은 거른다. 저녁도 가능하면 어두컴컴해져서야 먹는다. 그래야 산골의 지루한 밤을 견딘다. 공복감은 긴 밤을 더욱 지루하게 한다.

국을 데우고 찬을 꺼낸다. 국은 있을 때도 있고 없을 때도 있다. 찬은 일식삼찬이 기준이다. 삼찬을 기준으로 더 차리거나 덜 차린다. 일박이일 또는 이박삼일 술친구가 다녀가면 여분의 음식 덕분에 밥상이 풍성하다.

밥상은 좀 귀찮더라도 마루에 차린다. 편하기야 부엌에 차리는 게 제일 편하지만 운치가 떨어진다. 마루는 우리집에서 전망이 가장 좋다. 밥 한술 뜨고 마당 보고 밥 한술 뜨고 마당 너머 저수지를 본다.

술을 곁들이기도 한다. 밥만 먹는 것보다 아무래도 밥상을 오래 붙들게 되고 경치도 오래 보게 된다. 나에게 한 잔 마당에 한 잔, 나에게 한 잔 마당 너머 저수지에 한 잔. 마당도 저수지도 술은 나보다 약하다. 나보다 먼저 붉어진다.

술은 주로 낮술. 저녁술은 잘 안 한다. 낮술이 저녁술로 이어지기 다반사니 그게 그거이긴 하다. 저녁은 어두컴컴해져서야 먹으니 오래 먹진 않는다. 뭐라도 보여야 밥맛이 나고 그럴 텐데 마당도 안 보이고 저수지도 안 보이니 오래 먹을 건덕지가 없다.

멀리서 손님이 오면 술자리 배치가 달라진다. 마루 전망 좋은 자리를 내어주고 나는 그 옆에 앉는다. 맞은편에 앉으면 마당을 가리고 저수지를 가린다. 멀리서 손님이 와도 자리를 내어주거늘 내 마음 가장 가까운 당신. 당신은 생각만 해도 자리가 바뀐다.

내 기억에 평생을 갈지도 모를 별

"
우연히 뜨인 낮별이라면 길어봤자 일이 초
하지만 그렇게 본 낮별이 가슴 꾹 박혀
평생을 가기도 한다 당신처럼
"

낮별

겨울밤에는 겨울별이 뜨고
겨울 낮에는 여름별이 뜬다
여름의 밤과 낮은 그 반대다
보이지 않을 뿐
낮에도 별은 뜬다는 말이다
밤에 빛났던 기억을 간직한 별
하나쯤은 둘쯤은
자신이 납작해지기까지 빛을 짜내어
낮에도 보이는 별이 된다
겨울의 짧은 낮
생각 없이 하늘을 둘러보다가
길어봤자 일 초나 이 초
하지만 내 기억에 평생을 갈지도 모를 별이
제 안에서 빛을 짜낸다
낮에도 보이는 별이 되어
어두워져서야 나타나는 별
차례차례 불러낸다

나는 복이 많다. 하늘을 매일 본다. 보고 싶어서 보는 건 아니다. 억지로 보는 건 더욱 아니다. 마루에 앉으면 저절로 보인다. 지붕 처마와 맞은편 산 능선 사이 때로는 말간 하늘이 때로는 흐린 하늘이 늘 거기 있다.

마당에 나가면 하늘은 훨씬 넓어진다. 마루에서 보는 처마와 능선 사이 하늘은 감칠맛이 나지만 갑갑한 게 흠. 마당에서 보는 하늘은 동서남북 어디든 보고 싶은 대로 볼 수 있다. 마당 평상에 누우면 동서남북 하늘이 모두 한눈이다.

낮별이 보일 때도 있다. 뜸해도 잊을 만하면 보인다. 주기적으로 보이는 낮달처럼 주기적으로 보이는지 어떤지는 몰라도 낮달과 달리 낮별은 귀하다. 낮달도 하나고 낮별도 하나일지라도 귀하기로 따지면 낮달은 낮별 근처도 못 온다.

낮별. 천문대를 취재하면서 안 거지만 별은 낮에도 뜬다. 맨눈에 안 보일 뿐이다. 밤하늘 빛나던 별은 철이 바뀌면 다른 별에 밤하늘을 물려주고 낮 하늘에 뜬다. 밤하늘 빛나던 기억을 고스란히 간직한 별이 낮별이다.

짧은 겨울 낮. 여름밤 빛나던 크고 작은 별이 제 안에서 빛을 짜낸다. 멀건 대낮에 빛을 낸다는 게 보통 일일까. 아무나 하는 일일까. 지구처럼 입체적으로 생겼을 별은 제 몸이 납작해지도록 빛을 짜내어 마침내 낮에도 보이는 별이 된다.

낮별을 보는 시간은 짧다. 지금처럼 평상에 누워서 보는 거라면 몰라도 걷다가 우연히 올려다본 하늘에서 우연히 뜨인 낮별이라면 길어봤자 일 초나 이 초다. 하지만 그렇게 본 낮별이 가슴에 꾹 박혀 평생을 가기도 한다. 당신처럼.

별이 아름다운 이유····   HyuN圖

온전한 당신

"

안개 걷히면서 서서히 드러날
저수지와 산, 새소리
그리고 온전한 당신

"

당신

나는 안개 이쪽에 있고
당신은 안개 저쪽에 있다
안개는 길어야 하루
아무리 길어도
내가 당신을 바라보는 마음의 길이보다
길지는 않을 것이다
안개 저쪽에서 새가 날아오고
새가 방금 나온 그 틈으로
나를 바라보는 당신의 마음이 보인다
마음은 안개보다 진해서
안개가 아무리 가리려고 해도
길어야 하루이거나 그때뿐이다
눈을 감아도 당신이 보이듯
안개가 아무리 가려도 당신이 보인다
안개가 진하면
더 진한 당신
가장 진한 안개 저쪽에서
새가 날아온다

당신은 우연인가. 아니면 필연인가. 둘 다 맞으면서 둘 다 아니다. 당신은 우연이면서 필연이고 필연이면서 우연이다. 방문을 열면 보이는 산골의 새벽 저수지 물안개. 안개가 우연인 듯 보여도 우연이 아니듯 마음의 문을 열면 보이는 당신 역시 우연인 듯 보여도 우연이 아니다.

오늘은 오전 내내 안개다. 저수지도 저수지를 감싼 산도 안개다. 저수지와 산이 안개에 가려서 윤곽만 보인다. 새소리도 윤곽만 들린다. 길게 이어지는 대신 중간중간 끊어져서 들린다. 안개에 가려서 그런지 원래 짧아서 그런지 그건 모르겠다.

새소리가 분간 안 될 만큼 안개는 진하다. 진하고 두껍다. 얼마나 두꺼울까. 안개가 얼마나 두꺼운지 알려면 헛간 구석에 챙겨 둔 보온비닐을 한 장 한 장 덧대면 된다. 겹겹이 덧대는 비닐이 새소리를 가릴 만큼 두꺼워지면 그게 안개의 두께다.

그런 시절이 있었다. 산골 들어와 처음 10년. 통유리는 엄두를 내지 못했다. 마루 이쪽에서 저쪽까지 두꺼운 비닐을, 그것도 이중으로 두르고서 겨울을 났다. 저수지와 산이 윤곽만 보이고 새소리가 윤곽만 들리던 처음 10년의 겨울이었다.

역설이었다. 그 10년, 나를 지탱한 건 이중으로 두른 보온비닐이 아니었다. 여전히 냉골인 비닐 안쪽은 더욱 아니었다. 나를 지탱한 건 윤곽만 보이는 비닐 바깥이었다. 지금은 없는 당신. 당신은 없는 게 아니라 비닐에 가려서 안 보일 뿐이었다. 단지 그뿐이었다.

안개가 오래간다. 오전이 지나서도 안개다. 사나흘 가는 안개인들 없을까. 겨울이 지나서 비닐을 걷어 내듯 때가 되면 안개는 걷히리라. 안개 걷히면서 서서히 전체가 드러날 저수지와 산. 서서히 전체가 들릴 새소리. 그리고 온전한 당신

작품 목록 :: 노충현

노충현 그림은 훈훈하다. 훈훈한 기운이 그대와 나의 손을 맞잡게
하고 마음을 맞잡게 한다. 글과 그림도 그렇다. 서로가 맞잡으며
마침내 훈훈한 감성의 궁극을 이룬다.

표지

고독은 내 영혼을 아름답게 만든다
76×57cm 코튼지 위에 연필 2012

P. 12

산처럼 살고싶다
76×57cm 코튼지 위에 연필 2012

P. 14

귀농을 꿈꾸다
57×76cm 코튼지 위에 크레용 2012

P. 24

하늘을 날다
70×100cm 코튼지 위에 목탄 2012

P. 30

지는 것과 떠오르는 것에 대한 찬미
57×76cm 코튼지 위에 아크릴 2003

P. 36

하늘같은 사랑
57×76cm 코튼지 위에 크레용 2012

P. 50

작은 집, 큰 사랑
57×76cm 코튼지 위에 크레용 2012

P. 63

그리움이 꽃을 피운다
76×57cm 코튼지 위에 크레용 2016

P. 76

행복한 피아노
112×162cm 캔버스 위에 혼합재료 2013

P. 94

꽃피는 집
70×100cm 종이 위에 혼합재료 2015

P. 112

함께 사는 세상
57×76cm 코튼지 위에 크레용 2012

P. 130

단풍나무 고래등에는 사람이 산다
57×76cm 코튼지 위에 혼합재료 2021

P. 148

길을 묻다
57×76cm 코튼지 위에 크레용 2012

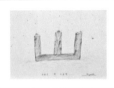

P. 166

오르고 또 오르면...
57×76cm 코튼지 위에 연필 2012

P. 184

꿈처럼 살고 싶다
57×76cm 코튼지 위에 크레용 2015

P. 202

아름다운 세상
70×100cm 코튼지 위에 크레용 2012

P. 212

그리움은 점점 멀어진다
57×76cm 코튼지 위에 혼합재료 2015

P. 231

꿈꾸는 집
57×76cm 코튼지 위에 혼합재료 2006

P. 247

행복한 편지
76×57cm 코튼지 위에 혼합재료 2014

P. 251

꽃피는 집
76×57cm 코튼지 위에 혼합재료 2007

P. 260

구름섬
57×76cm 코튼지 위에 혼합재료 2020

P. 273

사랑으로 피운 꽃
53×37cm 종이 위에 유화 2007

P. 286

어린왕자의 별
57×76cm 코튼지 위에 혼합재료 2012

P. 300

마음으로 보는 세상
57×76cm 코튼지 위에 연필 2012

P. 313

뿌리를 내리다
76×57cm 코튼지 위에 혼합재료 2013

P. 322

산다는 것은 조용히 울고 있는 것이다
57×76cm 코튼지 위에 크레용 2012

P. 327

에덴 동산의 연인
61×61cm 캔버스 위에 혼합재료 2007

P. 331

별이 아름다운 이유
76×57cm 코튼지 위에 연필 2012